생각을 키우는 글쓰기

생각을 키우는 글쓰기

2025년 3월 10일 초판 인쇄
2025년 3월 15일 초판 발행

지은이 김용성 | 교정교열 정난진 | 펴낸이 이찬규
펴낸곳 북코리아 | 등록번호 제03-01240호
전화 02-704-7840 | 팩스 02-704-7848
이메일 ibookorea@naver.com | 홈페이지 www.북코리아.kr
주소 13209 경기도 성남시 중원구 사기막골로45번길 14 우림2차 A동 1007호
ISBN 979-11-94299-32-5 (03800)
값 18,000원

생각을 키우는 글쓰기

김용성 지음

북코리아

"글쓰기는 생각하는 법을 배우는 가장 좋은 방법이다."

이 책은 단순히 글쓰기 기술을 알려주는 책이 아니다. 글쓰기를 통해, '어떻게 하면 더 좋은 생각을 할 수 있을까?'라는 근본적인 질문에 대한 답을 찾아보자는 시도다. 글쓰기는 생각을 연습하는 가장 좋은 그리고 가장 쉬운 방법이다.

생각하는 힘이 강한 사람은 정보를 비판적으로 수용하고, 새로운 아이디어를 창조하며, 문제 해결 능력을 발휘한다. 또한 자신의 생각을 정교하게 표현하고, 다른 사람과 효과적으로 소통하며, 더 나아가 세상을 변화시키는 원동력을 만들어 낸다.

이 책은 지난 십수 년간 글쓰기 관련 강의를 하면서 '어떻게 하면 보다 쉽고 재미있게 글쓰기 수업을 할 수 있을까?' 고민했던 과정에서 나왔다. 글쓰기 수업을 통해 글쓰기에 대한 긍정적인 태도를 형성하는 것이 가장 중요하기 때문이다.

이 책은 총 3부로 구성되어 있으며, 각 장은 이론은 최소화하고 관찰, 체험을 많이 할 수 있도록 구성되었다.

1부. 읽고 요약하기 —— 글 속에 담겨 있는 생각을 분석하고 요약문을 작성하는 능력

2부. 읽고 평가하기 —— 분석한 내용을 평가하고 논평문을 작성하는 능력

3부. 나의 생각 글쓰기 —— 자신의 생각을 점검하며 체계적으로 정당화 구조의 글을 쓰는 능력

이 책이 나오기까지 큰 가르침과 응원을 보내 주신 손동현 교수님께 깊은 존경과 감사를 드린다. 책에 부족한 면이 있다면 오로지 저자의 나태함과 무능함 때문이다. 촉박한 시간에 맞추기 위해 노력해 주신 북코리아 이찬규 사장님과 김수진 선생님께 깊이 감사드린다.

생성형 인공지능의 기계적 글쓰기가 인간의 글쓰기를 위협하고 있다. 교육 현장에서도 이러한 파도는 많은 변화를 불러오고 있다. 생각 자체를 기계에 떠넘길 수는 없고 그래서도 안 된다. 사고 교육으로서의 글쓰기가 점점 설 자리를 잃어 가는 상황에서 이 책이 사고와 표현 글쓰기 수업에 조금이나마 도움이 되기를 바란다.

2025년 3월
저자 김용성

목차 ────────────────────────────────

비판적 사고의 필요성

인간의 사고능력은 호랑이의 송곳니나 파리의 겹눈과 마찬가지로 생존과 번영을 위해 진화된 능력이다. 여타 종들과 마찬가지로 인간이라는 종 역시 살아남기 위해, 더 나아가 번영하기 위해 다양하고 심각한 문제들을 해결해야 했다. 먹이를 얻거나 천적으로부터 도망치기 위해 인간은 여러 사고 능력 중 하나인 추론 능력을 진화시켰다. 그렇기 때문에 추론은 문제해결 과정으로 볼 수 있다.

생존하고 번영하기 위한 과정들은 문제해결 과정으로 볼 수 있다. 맹수에게서 도망치거나 먹이를 사냥하고 채집하기 위해 내려야 하는 결정들은 매우 간단한 수준에서 복잡한 수준까지 다양한 층위를 이루고 있었을 것이다. 하지만 우리가 주

우리는 대충 빠르게 추론한다. 아주 오래전에 맹수에게 쫓기면서 심사숙고했다면,
인류가 생존하고 번영할 수 있었을까?

지금의 문명과 학문은 어떤 사유를 통해 이룩된 것일까?

목해야 하는 것은 우리 인간이 발전시킨, 우리가 진화한 방식대로의 추론 능력은 지금 우리가 대학에서 배우는 논리학이나 최근 개발된 인공지능과 같이 치밀하고 정교한 과정들의 순차적 해결모형이 아니었다는 것이다. 인간적 지능의 원형은 아미도 완벽하지는 않지만 정해진 상황에서 최적의 결과를 산출하는 '대충 파악하고 빠르게 결단하는' 유형의 사유 패턴이었을 것이다. 이는 생존을 위한 효율적인 전략이었을 것이다.

하지만 본능적인 사고만으로는 인류가 이룩한 문명과 지식을 설명할 수 없다. 우리는 본능적 사고 이외에 또 다른 사유 패턴을 교육을 통해 문화적으로 발전시켰다. 우리가 후속 세대에게 가르치는 것들, 즉 교육의 주제가 되는 것들은 모두 본능적으로 잘하는 것이 아니다. 우리가 아이들에게, 학생들에게 가르치는 것은 하나같이 본능대로 해서는 잘 안 되는 것들이며, 그러한 점에서 본능을 거스르는 것들이라 할 수 있다. 어쩌면 공부가 재미없는 이유가 거기에서 비롯하는지도 모른다. 비판적 사고 역시 교육 과목이기에 본능에 따라 잘하는 것이 아니라 본능을 거스르는 사유 패턴을 후천적으로 습관화하는 것이다. 본능적인 사고는 빠르고 효율적이지만, 때로는 성급하고 편향될 수 있다. 반면 비판적 사고는 느리고 꼼꼼하지만, 더욱 정확하고 객관적인 판단을 가능하게 한다. 마치 토끼와 거북의 경주처럼, 비판적 사고는 느리지만 궁극적으로는 더 나은 결과를 가져다줄 수 있다.

오로지 실천적인 차원에서만 보자면 엄밀한 형식의 꼼꼼한 사유는 필요하지 않다. 하지만 학문을 발전시키고 우리 자신과 우리를 둘러싼 세계에 대한 지식을 발견하기 위해서는 비판적 사고가 필요하다. 앞으로 우리는 매우 국한적인 실천적 차원에서의 사유를 논의하지 않을 것이다. 이론적 차원에서, 즉 학술적 차원에서 문제를 해결하고 지식을 발견하는 측면에서 사유(그리고 사유를 담은 언어)에 대해 학습할 것이다.

지식을 산출하기 위해서는 지식이 무엇인지 알아야 할 것이다. 지식은 "정당화된 (참된) 믿음"이다. 정당화란 신빙성 있는 인식 원천에 의해 지지받는다는 것을 의미한다. 신빙성 있는 인식의 원천은 여러 가지가 있지만, 이성과 합리성에 의해 지지받는 근거들이 핵심이다. 이런 점에서 잘하는 생각(well-thinking), 즉 성공적인 정당화가 있으며, 잘못하는 생각(ill-thinking), 즉 실패한 정당화도 있다. 잘 생각하는 것은 본능적으로 쉽게 되는 것이 아니기에 학습을 통해 익혀야 한다. 비판적 사고는 날카로운 생각, 벼린 생각들이며 잘 생각하기 위해 배워야 하는 가장 기본적인 사고력 교육이다.

알려진 것들로부터 시작하여 알고자 하는 것으로 끝나는 일련의 사유 흐름을 '추론(inference)'이라고 한다. 머릿속에 있는 추론을 언어를 통해 밖으로 표현하는 것은 '논증(argument)', 혹은 '논증하기(argumentation)'가 된다. 비판적 사고는 단순히 생각하는 것이 아니라, '잘 생각하는 것'이다. 즉, 자신의 믿음을 객관적인 근거로 뒷받침하고, 논리적인 오류 없이 결론에 도달하는 능력이다. 그렇기에 비판적 사고는 논증을 중심으로 각종 요소가 한데 모여 발생한다. 논증이란 문장들의 집합이라고 이해할 수 있다. 물론 아무 문장이나 모인 것이 아니라 '주장'이라고 불리는 문장과 '근거'라고 불리는 문장들의 집합이다.

이제부터 차례로 좋은 생각(비판적 사고)을 구성하는 요소들을 하나하나 배우며, 어떤 점에서 이러한 것들을 분석 및 요약하고 잘 활용해야 하는지 익혀나갈 것이다.

1부 | 읽고 요약하기

1장
주장, 문제, 명시적 근거 요약하기

비판적 사고는 많은 요소로 구성되어 있으며, 하나하나 분리해서 따로 살펴보는 것이 아니라 하나의 유기적 통합체로 이해해야 한다. 하지만 생각을 구성하는 수많은 요소를 모두 한 번에 공부하는 것은 잠시 미뤄두자. 우선은 가장 핵심적인 요소들을 배우는 것이 효과적이다. 이 장에서는 비교적 쉽고 익숙한 사고의 구성 요소인 ① 주장, ② 문제, ③ 근거, 그리고 ④ 개념을 분석하는 방법을 알아보자.

주장	- 독자로 하여금 최종적으로 믿게끔 의도되는 문장 - 문제에 대한 최종적인 대답
문제	- 논증이 시작되는 최초의 질문, 문제 상황 - 글의 직접적인 동기
명시적 근거	주장을 믿게끔/받아들이게끔 지지하는 글로 드러난 문장

1) 주장

필자나 화자가 청자나 독자로 하여금 믿게끔/받아들이게끔 의도하는 문장을 '주장'이라고 한다. 하나의 논증은 하나의 주장과 그것을 지지해주는(뒷받침하는) 하나 이상의 근거들로 만들어진다. 논증은 정당화 구조의 핵심이며 비판적 사고의 중심을 형성한다. 그런데 여기서 "믿게끔", "받아들이게끔" 의도한다는 것은 무슨 말일까?

"믿게끔" → 인지적 측면, 믿음/필자는 독자가 어떤 믿음을 형성하도록 의
도하고 유도

예시 모든 사람은 죽는다. 따라서 소크라테스는 죽는다.

여기서 주장 문장은 "소크라테스가 죽는다"이며, 필자는 독자들이 소크라테스가 죽는다는 믿음을 형성하도록 의도하고 있다.

예시 올리버 트위스트는 고아였다. 그래서 올리버 트위스트는 불행한 유년기를 보냈다.

여기 두 개의 문장이 있다. ① "올리버 트위스트는 고아였다", ② "올리버 트위스트는 불행한 유년기를 보냈다." ①과 ② 중 무엇이 필자가 독자들로 하여금 믿게끔 의도하는 것일까? 첫째, '그래서'라는 표현에서 필자의 의도를 읽을 수 있으며, 둘째 ①이 ②를 지지해주고 있기 때문에 ②가 주장임을 확인할 수 있다. 즉, "올리버 트위스트는 불행한 유년기를 보냈다"가 주장이다.

"받아들이게끔" → 실천적 측면, 행동이나 태도의 변화

우리는 단순히 어떤 믿음을 형성하거나 어떤 믿음을 버리는 것을 주장하는 것 이외에 실천적인 것들을 주장할 수 있다. 어떤 행동을 촉구하거나 어떤 행동을 멈추기를 요구할 수 있다. 또한 어떤 태도, 즉 무엇인가를 원하거나 두려워하거나 선호하거나 기피하거나 등의 태도 변화를 촉구하는 경우가 많다.

예시 한번 태어나면 반드시 죽는 것은 정해진 이치다. 따라서 우리는 죽음을 두려워해서는 안 된다.

여기서 주장 문장은 죽음에 대해 두려워하는 태도를 가지지 않기를 요청하는 문장이다. 따라서 주장은 "우리는 죽음을 두려워해서는 안 된다"이다.

예시 고아들이 불행한 유년기를 보냈을 것이라고 생각하는 것은 사회적 편견이다. 따라서 우리는 고아들을 불쌍해하는 태도를 버려야 한다.

여기서 주장은 "우리는 고아들을 불쌍해하는 태도를 버려야 한다"이다. 특정 태도를 버리기를 촉구하는 주장임을 확인할 수 있다.

주장을 정확하게 분석하는 것은 매우 중요하다. 대부분의 경우 주장이 인지적 (이론적) 차원의 것인지 실천적 차원의 것인지 세세히 구분하지 않아도 된다. 하지만 하나의 주장이 엄밀하게 무엇인지 음미해보는 것은 항상 중요하다.

● **필자(화자)의 의도와 실패한 논증**

"이융(연산군)은 난폭한 사람이었다."

이 문장만 보아서는 무엇인가를 주장한 것인지 아닌지 알 수 없다. 이 글(혹은 말)을 한 사람이 앞에 있다면 의도가 무엇인지 물어볼 수 있겠지만, 이 글(말)만으로는 이 문장을 믿게끔 하려는 것인지 아니면 단지 본인의 생각을 기술한 것인지 알 수 없기 때문이다. 하지만 다음과 같이 쓰여 있다면 필자(화자)의 의도를 알 수 있다.

이융(연산군)은 성종의 적장자로 태어났다. 따라서 이융은 난폭한 사람이었다.

'따라서'라는 말은 필자(화자)의 의도를 알려준다. 결론(주장) 지시어인 '따라서', '그러므로', '그래서' 등의 말들은 뒤에 나오는 문장이 '주장'으로 의도되었음을 명시적으로 알려주는 표현들이다. "이용은 난폭한 사람이었다"라는 문장은 '따라서'라는 주장 지시어 뒤에 나오기 때문에 우리는 이것이 주장으로 의도되었음을 확인할 수 있다. 하지만 "이용은 성종의 적장자로 태어났다"는 것이 "이용은 난폭한 사람이었다"라는 주장을 조금도 지지해주고 있지 않다. 우리는 이러한 논증을 "실패한 논증"으로 볼 수 있다.

2) 문제

(현안) 문제는 문제해결 과정에서 그 출발점이 되는 추론(논증)의 직접적인 동기다. 추론이나 논증은 문제해결 과정의 하나로 볼 수 있다. 그렇기 때문에 반드시 사유의 출발점인 문제가 존재한다. 한편 억지로 쓴 글이 아니라 자연스럽게 쓴 글이라면 주장을 찾는 것이 가장 쉽다. 문제를 직접 바로 찾는 것도 가능하나 주장을 통해 역추적하면 더욱 손쉽게 문제를 찾을 수 있다. 물론 주장을 찾기 어렵다면 글에 은연중(혹은 명백히) 드러난 문제를 직접 찾을 수도 있다. 주장과 달리 문제는 글이나 말을 통해 겉으로 드러나 있지 않은 경우도 많다.

> **예시** 성공적인 직장 생활을 위해서는 훌륭한 의사소통 능력을 지녀야 한다. 왜냐하면 최근 발표된 설문조사 결과에 따르면 직장 생활에서 가장 필요로 하는 능력은 의사소통 능력이기 때문이다.
>
> **주장:** 성공적인 직장 생활을 위해서는 훌륭한 의사소통 능력을 지녀야 한다.
> **문제:** 성공적인 직장 생활을 위해서는 어떤 능력을 지녀야 하는가?

주장을 먼저 찾는다. 여기서 주장은 "성공적인 직장 생활을 위해서는 훌륭한 의사소통 능력을 지녀야 한다"로, 어떤 문제에 대한 대답(혹은 해결책)이다. 어떤 질문에 대한 대답이 "성공적인 직장 생활을 위해서는 훌륭한 의사소통 능력을 지녀야 한다"일까? 직접적으로 문제가 드러나 있지는 않지만 우리는 쉽게 "성공적인 직장 생활을 위해서는 어떤 능력을 지녀야 하는가?" 혹은 이와 유사한 내용의 질문이 문제임을 확인할 수 있다.

예시 행복을 돈으로 살 수 있는가? 이스털린(Easterlin)은 소득이 행복과 밀접한 관계가 있을 것이라는 통념을 깨뜨리는 경험적 연구 결과를 내놓아 많은 사람을 놀라게 했다. 그의 연구는 소득이 일정 수준을 넘으면 아무리 많이 늘어도 행복감이 증가하지 않으며, 일부는 오히려 행복감이 줄어든다는 것을 보여주었다. 인간의 행복은 경제적 자유나 효용감을 넘어 반성하고 음미하는 삶에서 오는 것이다. 따라서 행복은 돈으로 살 수 없다.

주장:

문제:

예시 거울 뉴런은 단순히 행동을 모방하는 것을 넘어, 타인의 감정을 이해하는 데도 중요한 역할을 한다. 누군가가 슬픈 표정을 짓는 것을 보면, 우리 뇌에서도 슬픔을 느낄 때 활성화되는 영역이 활성화되면서 그 사람의 슬픔을 공감하게 된다. 따라서 우리의 도덕적 판단이 타인에 대한 공감 능력에 힘입어 가능하다는 것은 강력한 과학적 근거가 있는 견해다. 거울 뉴런은 이러한 주장을 뒷받침하는 신경학적 메커니즘을 제시하기 때문이다.

주장:

문제:

3) 명시적 근거

누군가 주장만 줄기차게 말하면서 그 근거와 이유를 대지 못한다면 우리는 그러한 사람을 보고 "우긴다"고 말하지 "논증한다" 혹은 "입증한다"고 말하지 않는다. 주장은 반드시 근거와 함께 주어져야 논증으로 거듭난다. 그리고 근거는 당연히 주장을 강하게 지지할수록 좋다. 그런데 근거에는 명시적인 근거도 있지만 숨겨진 근거도 있다. 이 절에서는 우선 명시적인 근거만 다루고 다음 절에서 숨겨진 근거를 다루도록 하겠다. 명시적 근거란 근거 중에서 문자(혹은 음성)를 통해 독자(혹은 청자)에게 드러낸 근거를 가리킨다.

● **근거란 무엇인가?**

청자나 독자가 주장을 믿게끔/받아들이게끔 지지해주는 문장

직접적인 것, 간접적인 것, 강한 지지 관계를 갖는 근거, 약한 지지 관계를 갖는 근거 등 이 모두가 근거다. 가장 간단한 하나의 근거와 하나의 주장으로 이뤄진 논증을 살펴보자.

철수는 영희를 볼 때마다 심장이 두근거린다. 따라서 철수는 영희를 좋아한다.
철수는 영희를 볼 때마다 심장이 두근거린다. → 따라서 철수는 영희를 좋아한다.

이제부터 지지 관계에 놓여있는 두 문장을 화살표 '→'로 표현하기로 하자. 화살을 쏘는 왼쪽의 문장은 화살을 받는 오른쪽의 문장을 지지(support)한다. 그리고 오른쪽의 문장은 화살을 쏘는 왼쪽의 문장에 의해 지지를 받는다.

● 지지 관계를 어떻게 확인할 수 있을까?

근거와 주장 사이에 '따라서', '그러므로'라는 말을 넣고 읽어보자. 그때 얼마나 고개가 끄덕여지는지 확인해보자. 고개가 크게 끄덕여진다면 강한 지지 관계를, 조금 끄덕여진다면 약한 지지 관계를 감지한 것이다. 지지 관계를 확인하는 가장 완벽한 방법은 아니지만 여기서는 권장된다. 첫째, 사람들이 가지고 있는 논리적 감각은 가장 공평하게 주어진 자연적 본능이며 둘째, 다른 복잡한 방법을 사용하여 지지 관계를 확인하는 것보다 논리적 감각을 활용하여 지지 관계를 확인하는 것이 논리적 감각 자체를 함양하는 데 도움이 된다.

철수가 영희를 볼 때마다 심장이 두근거린다는 것은 철수가 영희를 좋아하는 데 직접적인 증거라기보다는 간접적인 증거로 보인다. 어떤 사람들은 이러한 지지 관계를 음미하는 데 있어서 철수가 영희를 좋아하는 것이 아니라 영희를 두려워하기 때문에 영희만 보면 심장 박동이 빨라지는 것일 수 있다고 지적할 것이다. 하지만 우리는 지지 관계를 확인하는 데 있어서 직접적인 지지 관계, 혹은 강력한 지지 관계만을 지지 관계의 성립 조건으로 두어서는 안 된다. 간접적인 증거와 약한 지지 관계 역시 하나의 지지 관계로 판단해야 한다.

물론 매우 강력하고 직접적인 지지를 보이는 근거들 역시 존재한다. 가령, 다음 문장을 보자.

영희는 10개의 손가락이 있다. → 영희는 짝수의 손가락이 있다.

이와 같은 논증은 그 근거가 매우 강력하게 주장을 지지하기 때문에 근거가 참이라고 할 때 주장이 예외적으로 성립하지 않는 경우란 상상조차 불가능하다. 하지만 앞서 말했듯, 근거에는 강한 것도 있고 약한 것도 있다. 근거들이 모두 참이라도 주장에 예외가 발생할 수 있다면 지지 관계는 약하다(2부 2장의 타당성 평가에서 자세히 설명할 것이다). 지지 관계가 성립하기만 한다면 논증에서 근거의 역할을 하고 있음을 확인할 수 있는데, 그러한 문장들을 모두 근거로 선별해 분석하기로 하자.

연습문제

1. 다음의 두 문장을 읽고, 왼쪽의 문장이 오른쪽의 문장을 지지해주는지 확인해
보자.

    (1) 철수는 왼손잡이다. 철수는 대학생이다.
    (2) 철수는 서울에 있다. 철수는 한국에 있다.
    (3) 영희는 독감에 걸렸다. 영희는 오늘 시험을 망칠 것이다.

2. 다음의 두 문장을 읽고, 화살표를 그려서 지지 관계를 확정해보자.

    (1) 철수는 좋은 사람이다. _____ 영희는 철수를 좋아한다.
    (2) 소리의 속도는 빛보다 느리다. _____ 천둥은 번개가 친 다음에 들린다.
    (3) 영희는 한국에 있다. _____ 영희는 서울에 있다.
    (4) 이융(연산군)은 성종의 적장자로 태어났다. _____ 이융은 난폭한 사람이었다.

3. 다음의 두 논증을 읽고, 어느 논증이 지지 관계가 더 강한지 선별해보자.

    (A) 개는 포유류다. 포유류는 태생이다. 따라서 개는 태생이다.
    (B) 두 나라의 이익이 서로 충돌하고 있다. 두 나라 모두 극우 정당이 집권하고 있
    다. 따라서 두 나라는 곧 전쟁을 할 것이다.

4. 다음의 문장들을 읽고 논증인지 아닌지 판단하고, 논증이라면 주장과 근거를
구분해보자.

    (1) 알코올은 발암 물질이다. 그 음료는 알코올 음료다. 그 음료는 발암 물질이다.
    (2) 모델은 키가 180센티미터 이상이다. 철수는 키가 180센티미터 미만이다. 철
    수는 모델이 아니다.
    (3) 음악은 사람의 마음을 정화해주는 효과가 있다. 음악은 아름답다. 사람의 마
    음을 정화하는 것은 아름답다.

● 지지 관계의 구조(논증의 구조)

주장을 믿게끔/받아들이게끔 지지(support)해주는 문장들이 근거다. 따라서 근거가 되는 문장들은 주장을 믿게끔/받아들이게끔 옆에서 응원(support)해주는 문장들이라고 볼 수 있다. 스포츠 경기의 응원단과 비슷한 역할을 한다고 볼 수 있지만, 논증의 주장과 근거들은 특정한 지지 관계를 통해 다양한 논증의 구조를 만들어낸다는 점에 유의해야 한다. 우리는 대부분의 경우 논증의 구조까지 세세하게 분석하는 작업은 피할 것이다. 왜냐하면 그것은 매우 지루하고 오랜 시간 연습이 필요한 작업이기 때문이다. 하지만 사고력을 성장시키고 본인 스스로 정교한 사고 표현을 하고 싶다면 지지 관계의 구조까지 알아보는 것을 권장한다.

① 병렬형

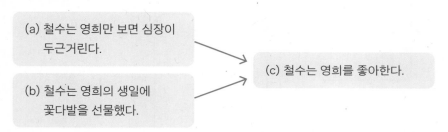

(a)와 (b)는 (c)를 각자 독립적으로 지지한다. 즉, (a)는 (b)가 없어도 홀로 (c)를 지지한다. (b) 역시 (a)가 없어도 홀로 (c)를 지지한다. 물론 하나의 나뭇가지보다 두 개의 나뭇가지가 더 단단한 것처럼 독립적으로 결론을 지지하는 근거들은 하나일 때보다 여럿일 때 더 강한 논증을 만든다.

② 결합형

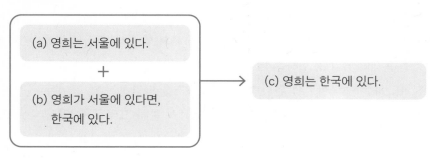

결합형에서 (a)와 (b)는 홀로 (c)를 지지해줄 수 없다. (a)와 (b)는 함께 음미되어야 비로소 (c)를 지지해준다.

복층 구조의 논증

1. 철수는 영희만 보면 심장이 두근거린다.
2. 철수는 영희의 생일에 꽃다발을 선물했다.
3. 철수는 영희를 좋아한다.
4. 철수가 영희를 좋아한다면 철수는 영희가 있는 곳에 머물 것이다.
5. 영희는 한국에 있다.
6. 철수는 한국에 머물 것이다.

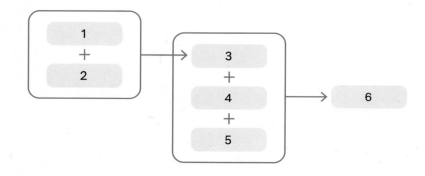

이 교재에 실린 글들은 교육적인 효과를 위해 상대적으로 단순하고 쉽게 분석될 수 있도록 인위적으로 가공된 글들이 많다. 하지만 실제로 논증이 담긴 글들은 상당히 복잡한 복층 구조로 되어 있다. 논증의 구조를 분석하면서 글을 읽으면 평소보다 훨씬 많은 노력과 시간이 소모된다. 이것은 많은 사람이 논증의 구조를 분석하면서 글을 읽는 것을 포기하게 만드는 주요 원인이다. 그럼에도 논증의 구조를 분석하는 연습을 해야 하는 두 가지 이유가 있다. 첫째, 논증의 구조는 마치 신체의 구조와 같아서 (바람직한 비유는 아니지만) 신체의 약점과 급소를 알려주듯 상대의 논증을 논박하거나 옹호하는 데 매우 효과적이다. 둘째, 이 교재를 통해 논증의 구조를 파악하는 능력이 향상된다면 논증의 구조를 파악하는 데 들이는 시간과 피로는 어느 정도 사라진다. 비판적 사고를 면밀하게 분석 요약할 수 있을 때 우리의 사고력과 표현능력을 비약적으로 발전시킬 수 있다는 점을 명심해야 한다.

연습문제 ─────────────────────────────

※ 다음 논증을 읽고 논증의 구조도를 그려보자.

1. ① 철수는 공무원이다.
② 공무원은 법적으로 신분을 보장받는다.
③ 철수는 법적으로 신분을 보장받는다.
④ 철수는 물려받은 재산이 많다.
⑤ 철수는 경제적으로 안정적이다.
⑥ 철수는 건강검진 결과 몸과 마음에 이상이 없다.
⑦ 철수는 몸과 마음이 건강하다.
⑧ 철수의 삶은 행복하다.

2. ① 한국은 OECD 가입 국가다.
② 한국은 세계 무역규모 10위권의 나라다.
③ 한국은 문화적으로 영향력이 크다.
④ 한국은 선진국이다.
⑤ 선진국은 다른 (가난한) 나라를 도와줘야 한다.
⑥ 한국은 다른 (가난한) 나라를 도와줘야 한다.

3. ① 나쁜 사람들은 기회가 주어지면 규칙을 지키지 않는다.

② 착한 사람들은 규칙을 지킨다.

③ 착한 사람들은 규칙위반자를 냉혹하게 처벌하지 못한다.

④ 나쁜 사람들과 착한 사람들이 동일한 규칙에서 경쟁하면 나쁜 사람들이 이긴다.

⑤ 인류사회와 문명은 주기적으로 붕괴될 수밖에 없다.

⑥ (숨겨진 전제): 나쁜 사람들이 경쟁에서 승리하면 문명은 붕괴된다. (나쁜 사람들이 많아지면 문명은 붕괴된다.)

※ 다음 제시문을 읽고 문제, 주장, 근거를 각각 분석해보자.

1. 최근 한 연구자는 우울증의 원인이 유전적 요인에 있음을 밝혀냈다. 그는 우울증 환자 1,000명을 대상으로 그들 부모의 우울증 병력을 조사했다. 그 결과 우울증을 앓고 있는 환자의 약 70%는 부모 중 한 명 이상이 역시 우울증을 앓았거나 앓고 있는 것으로 드러났다. 이는 우울증이 선천적 요인에 의해 생긴다는 결정적인 근거다.

문제:	
주장:	
근거:	

2. 만약 어떤 사람이 돈으로 무엇이든 살 수 있다고 진정 믿는다면, 그는 돈을 위해서라면 무슨 짓이든 할 것이다. 하지만 철수는 그런 믿음을 가지고 있지 않다. 철수는 사랑, 우정, 아름다운 추억 등 돈으로 살 수 없는 것들이 이 세상에 너무나도 많이 있다고 믿고 있다. 따라서 철수가 보험금을 받기 위해 친구인 영희를 죽였다는 주장은 터무니없는 소리다.

문제:	
주장:	
근거:	

3. 사실 표현의 자유를 보장해야 하는 이유는 인간의 존엄성을 지키기 위해서다. 표현의 자유를 보장해야 하는 이유는 그것이 개인의 자아실현에 이바지하기 때문이다. 개인에게 표현 여부를 스스로 선택하지 못하게 하거나 타인의 표현을 접하지 못하게 하는 것은 개인의 자아실현을 방해한다. 사람은 스스로 자신의 삶을 계획하고 실현할 수 있는 자아실현적 존재다. 그 누구도 한 사람이 자신의 개성대로 자신을 실현하는 것을 방해해서는 안 된다. 그것은 바로 인간 존엄성을 해치는 것이다. 만약 내가 아무리 시답잖은 말이라고 해도 그것을 말하는 것이 억압당한다면 이는 발화자가 일종의 경멸을 당하는 것과 같다. 이는 표현의 주체를 차별하는 것이며, 발화자가 마땅히 누려야 할 인간 존엄성이 짓밟힌 것이다.

- 강승식, 「표현의 자유와 인간 존엄성의 관계」에서 발췌 및 수정

문제:
주장:
근거:

2장
개념, 목적, 맥락 요약하기

비판적 사고는 단순히 정보를 받아들이는 것을 넘어, 정보를 분석하고 평가하여 합리적인 판단을 내리는 능력이다. 이 과정에서 개념, 목적, 맥락은 핵심적인 역할을 수행한다. 개념은 우리가 생각하고 이해하는 데 사용하는 기본적인 단위다. 비판적 사고(좋은 생각)는 명확하고 정확한 개념 이해에서 시작된다. 목적은 비판적 사고를 통해 무엇을 달성하고자 하는지를 나타낸다. 목적에 따라 사고의 방향과 초점을 결정하고, 정보의 중요도를 판단하는 기준이 된다. 맥락은 특정 정보가 제시되는 배경이나 상황을 의미한다. 맥락을 고려하는 것은 정보의 의미를 정확하게 파악하고, 다양한 관점에서 분석하는 데 필수다.

(핵심) 개념	– 핵심 논증을 구성하는 문장들에서 가장 중요하고 두드러진 개념
목적	– 글을 쓰게 된 배경이자 원거리의 동기 – 글에 숨겨진 저의
맥락	글이 쓰일 때의 상황

1) 개념

기본적으로 논증은 주장과 근거라는 두 가지 요소의 결합으로 만들어진다. 하지만 그 외에도 많은 요소가 우리의 비판적 사고를 구성한다. 우선 논증에서 핵심적인 역할을 하는 개념에 대해 분석하는 것이 필요하다. 다음의 논증을 살펴보자.

> 모든 사람은 죄인이다. 죄를 지은 사람은 감옥에 가야 한다. 따라서 우리 모두 감옥에 가야 한다.

물론 위의 논증은 좋은 논증이 아니다. 그 이유는 무엇인가? 위 논증의 형식은 "모든 A는 B다. B는 C다. 따라서 A는 C다." 같은 아무런 문제가 없는 삼단논법 형식이다. 문제는 논증의 논리적 구조에서 오는 것이 아니라 논증에 사용된 언어(개념)에 있다. 위 논증은 특히 '죄'라는 개념이 가지는 모호성에 있다. '죄'라는 개념이 논증에 사용될 때 '도덕적 죄(sin)'라는 뜻과 '실정법 위반(crime)'이라는 의미가 혼동되고 있다.

이처럼 하나의 논증에서 개념을 분석해서 그 개념이 올바로 사용되고 있는지 검토하는 것은 비판적 사고를 위한 중요한 과정 중 하나다. 우리의 사고는 개념들로 이뤄져 있다. 하나의 논증에는 많은 개념이 포함되어 있다. 하지만 모든 것을 신경 쓰기 힘들다면 핵심 개념을 우선 추려내어 검토해보는 것이 좋다.

● 핵심 개념이란?

대부분의 경우 하나의 논증은 복잡한 구조로 이뤄져 있다.

주장 지구상에는 인간(human being) 외에도 인격체(person)가 존재한다.

근거1 지구상에는 자기의식, 언어 능력, 미래감과 과거감, 장기적인 계획 능력을 갖춘 인간 이외의 동물이 존재한다.

근거2 고래는 자기의식, 언어 능력, 미래감과 과거감, 장기적인 계획 능력 등을 갖추고 있다.

근거 3 일부 학자들은 고래에게 인간의 언어를 학습시켜 소통하는 데 성공했으며, 고래들이 상당히 긴 미래와 과거에 대한 감각을 가지고 있고 장기적인 계획 능력이 있다는 것을 실험을 통해 밝혀냈다.

근거 4 일부 유인원 역시 자기의식, 언어 능력, 미래감과 과거감, 장기적인 계획 능력 등을 갖추고 있는 것으로 알려져 있다.

근거 5 자기의식, 언어 능력, 미래감과 과거감, 장기적인 계획 능력을 갖춘 존재는 인격체다.

위의 논증은 비교적 간단하지만, 상당히 많은 개념이 등장한다. 사고들이 사실상 개념들로 이뤄져 있다고 해도 일부 통상적이고 일상적인 개념들은 우리가 크게 신경 쓰지 않아도 될 것이다. 왜냐하면 그것들은 쉽고 직관적이기 때문에 비판적 사고의 영역에서 제대로 사용되고 있는지 그렇지 않은지 쉽고 빠르게 알아차릴 수 있다. 하지만 어떤 개념들은 그 자체로 어렵고 의미를 파악하고 적용하는 데 복잡한 사유 과정을 거쳐야 한다. '지구', '인간', '인격체', '자기의식', '언어 능력', '미래', '과거', '장기적인 계획', '비인간 동물', '학자', '고래', '학습', '소통', '실험', '유인원' 등 많은 개념이 사용되고 있으나 이러한 개념 모두를 분석하고 주의 깊게 살펴보는 것은 이 수업의 목적에 부합하지는 않는다. 따라서 비교적 간단한 위 논증도 더욱 간략히 핵심 논증으로 추려내고, 그렇게 추려낸 핵심 논증에서 가장 중요하게 사용되며 또 주의를 기울여야 하는 개념만 분석해보자.

주장 지구상에는 인간(human being) 외에도 인격체(person)가 존재한다.

근거 1 지구상에는 자기의식, 언어 능력, 미래감과 과거감, 장기적인 계획 능력을 갖춘 비인간 동물이 존재한다. → 핵심 근거 1

근거 5 자기의식, 언어 능력, 미래감과 과거감, 장기적인 계획 능력을 갖춘 존재는 인격체다. → 핵심 근거 2

주장을 직접 지지해주는 근거들은 근거 1과 근거 5다. 근거 2와 근거 4는 주장을 지지해주는 것이 아니라 근거 1을 지지해준다. 또 근거 3은 근거 2를 지지해준다는 것을 확인할 수 있다.

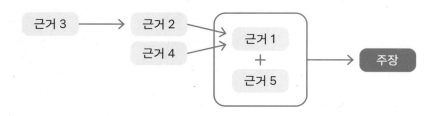

　　앞으로 세세한 하위 근거들은 생략하고 주장을 중심으로 주장과 주장을 가장 가까운 거리에서 지지해주는 (핵심) 근거들만을 모아 핵심 논증을 식별하도록 하자. 이렇게 추려낸 핵심 논증에서 가장 중요하게 사용되며 또한 가장 주의 깊게 살펴봐야 하는 개념은 '인격체'일 것이다. 이러한 핵심 개념을 분석하며 비판적 사고의 차원에서 제대로 사용되고 있는지 주의를 기울이도록 하자.

　　물론 개념은 우리의 사고를 구성하는 밑바탕이기 때문에 논증적인 글뿐만 아니라 설명하거나 선언하기, 심지어 일종의 수행적 언어인 약속하기, 사과하기 등 모든 글과 말에서 핵심 개념을 찾을 수 있다. 이 모든 사유–표현에서 핵심적인 개념이 무엇인지, 그것이 제대로 사용되고 있는지 주의를 기울여야 한다.

예시 　모든 사람은 법 앞에 평등해야 한다. 그런데 과연 우리 사회는 모든 사람이 법 앞에 평등하다고 할 수 있는가? 법 앞에 평등하다면 동일한 범죄에 대해 동일한 고통을 처벌로 받아야 할 것이다. 하지만 우리 사회가 그러한가? 똑같이 교통신호를 위반했어도 누구는 극심한 고통을 처벌받고 누구는 아주 아주 가벼운 고통을 처벌받는다. 가령 10만 원의 벌금이라면 수천억의 재산을 가진 사람에게는 솜사탕보다 가벼운 금액이며, 가난한 사람들에게는 생필품을 줄여야 할 만큼 고통스러운 금액이 될 것이다. 우리 사회는 모든 사람이 법 앞에 평등한 사회가 결코 아니다.

핵심 개념: 평등, 고통

예시 돈으로 모든 것을 살 수는 없다. 하지만 돈과 행복 사이에는 분명히 긍정적인 상관관계가 있다. 물론 여기서 말하는 돈이라는 것은 경제적 공리(utility) 일반을 말하는 것이지 특정한 교환수단 그 자체를 의미하는 것은 아니다. 행복이라는 것은 자신의 꿈과 야망을 추구할 수 있는 상태에서 오는 주관적인 감정 상태다. 이러한 점에서 본다면, 돈은 많으면 많을수록 더 많은 꿈과 야망을 추구할 가능 상태를 보장한다. 개인마다 꿈이 다르기 때문에 누군가는 초야에 묻혀 안빈낙도하는 삶을 추구할 수도 있고, 누군가는 전 세계를 누비는 셀럽이 되어 시끌벅적하게 사는 삶을 추구할 수도 있다. 다행히 돈이 있다면 후자의 삶과 후자의 삶을 추구하는 것이 모두 가능하겠으나, 돈이 없다면 전자의 삶을 추구하는 것만 가능하다. 물론 본인은 지금 전자의 삶을 추구하기에 돈이 아무것도 아닐 수 있다. 하지만 인간은 살면서 기호와 신념이 변하며, 이것이 바로 인간 삶의 특징이다. 돈이 많으면 나중에 꿈이 바뀐다 해도 얼마든지 바뀐 꿈과 야망을 추구할 수 있다.

핵심 개념:

예시 돈으로 무엇이든 살 수 있다고 믿는 사람은 위험하다. 그들은 돈을 얻기 위해서는 무슨 짓이든 하려 들기 때문이다. 대다수의 사람이 돈이 많으면 진정한 행복을 얻기 쉬워진다거나 혹은 돈이 곧 행복이라 생각하지만 이것 역시 매우 잘못된 생각이다. 행복이라는 것은 오직 좋은 삶에서 나오는 것이며, 좋은 삶이란 객관적인 조건에서 성립하는 것이지 단지 자신의 주관적인 감정에서 오는 것이 아니다. 범죄자가 심각한 범죄에서 기쁨을 얻고 심지어 자신의 꿈을 이뤘으니 죽어도 여한이 없는 만족감을 느낀들 그것은 행복이 아니다. 마찬가지로 유의미한 지식·예술·문화를 향유할 수 있는 능력 없이 행복한 삶을 살 수 없다. 가족, 사랑하는 사람과의 깊은 유대감 역시 인간 정신의 가장 강력한 욕망이며 객관적인 행복의 조건이다. 이러한 것들은 돈이 많다고 하여 얻어지는 것이 아니다. 그리고 무엇보다 인간의 좋은 삶은 반성하는 삶, 성찰하는 삶에서 오는 것이 분명하다. 그런데 이는 돈을 얻기 위해 노심초사하는 사람에게는 주어지기 힘든 삶의 조건이 아니겠는가?

2) 목적

비판적 사고는 단순히 정보를 받아들이는 것이 아니라, 그 이면에 숨은 의도와 맥락까지 파악하는 능력이다. 마치 정치인의 발언을 들을 때 '선거철이니까 표를 얻으려고 저런 말을 하는구나'라고 생각하는 것처럼, 글을 읽을 때도 저자의 숨은 목적을 파악해야 한다.

글의 목적은 글쓴이가 글을 쓰게 된 근본적인 혹은 원거리(remote)의 동기다. 일반적으로 잘 작성된 글은 서론에서 목적을 명시적으로 밝히지만, 많은 경우 불순한 의도나 숨은 목적은 감춰져 있다. 특히 간단하거나 불친절하게 작성된 글에서는 비판적 사고의 핵심 요소인 목적이 생략되기 쉽다. 따라서 글을 제대로 이해하기 위해서는 저자가 드러내지 않은 '목적'을 적극적으로 찾아내야 한다.

글의 표면적인 의미에만 집중하면 중요한 의미를 놓치거나 오해가 발생할 수 있다. 마치 연인이 하루에 있었던 힘든 일을 털어놓을 때, 그 목적이 단순히 사건 전달이 아니라 공감과 위로를 얻기 위함임을 알아차리지 못하면 관계에 문제가 생기는 것처럼 말이다.

물론 글쓴이에게 항상 명확하게 목적을 밝히라고 요구할 수는 있다. 하지만 모든 글에서 숨겨진 의도와 생각을 투명하게 드러내는 것은 불가능할 뿐만 아니라, 효과적인 의사소통을 방해할 수도 있다.

글의 목적은 설명, 설득, 선전, 동기부여 등 다양하며, 이를 파악하기 위해서는 글의 내용뿐만 아니라 시대적 상황, 저자의 배경 등 여러 요소를 종합적으로 고려해야 한다. 예를 들어 단재 신채호의 『조선상고사』는 표면적으로는 민족의 고대사를 정리한 역사책이지만, 일제강점기라는 시대적 맥락을 고려하면 민족의식 고취와 독립 의지 고양이라는 숨은 목적을 파악할 수 있다.

비판적 사고를 통해 글의 숨은 목적을 파악하는 것은 단순히 글을 이해하는 것을 넘어, 세상을 더욱 깊이 있게 바라보고 진실에 다가가는 중요한 열쇠다.

예시 요즘처럼 다양하고 막대한 양의 정보들이 넘쳐나는 시대에는 무엇이 진실한 정보이고 무엇이 거짓 정보인지 구별하는 것이야말로 가장 중요한 과제일 것이다. 인터넷과 소셜미디어의 발달로 정보 접근성은 높아졌지만, 동시에 가짜 정보의 확산도 가속화되었다. 누구나 정보를 생산하고 공유할 수 있는 환경에서 정보의 신뢰성을 검증하는 것은 더욱 어려워졌다. 잘못된 정보를 식별하지 못한다면 순식간에 수천만 명의 사람들에게 치명적인 가짜 뉴스들이 전달되어 심각한 사회적 혼란을 초래할 수 있다. 우리는 바람직한 민주시민으로서 어떻게 가짜 정보와 진짜 정보를 구분할 수 있을까? 비판적 사고는 정보의 출처, 증거, 논리적 타당성 등을 꼼꼼히 따져 정보의 진위를 판별하는 능력이다. 비판적 사고를 통해 가짜 정보에 현혹되지 않고 합리적인 판단을 내릴 수 있다. 따라서 비판적 사고 능력을 함양하는 것이야말로 바람직한 민주시민이 되는 길이다.

목적: (가짜 뉴스가 민주주의 최대의 적이 된 현재 상황에서) 민주주의 공동체를 지키기 위해

이 제시문은 비교적 목적을 찾기 쉽다. 왜냐하면 글의 시작 부분에서 글이 쓰인 당시의 상황, 즉 맥락이 노출되어 있기 때문이다. 글의 핵심적인 내용은 물론 정보 홍수의 시대에 바람직한 민주시민이 되기 위해서는 반드시 비판적 사고 능력을 키워야 한다는 것이다. 하지만 비판적 사고 능력을 키워야 한다는 주장을 하게 된 배경, 즉 원거리의 목적은 가짜 뉴스가 민주주의 최대의 적이 된 현재 상황에서 민주주의 공동체를 지키기 위해서일 것이다.

예시 보잉 747 비행기 같은 복잡한 기계는 단순한 부품들이 우연히 섞여서 만들어질 수 없다. 마찬가지로 복잡한 생명체 역시 우연한 과정을 통해 저절로 만들어졌다고 보는 것은 터무니없다. 우연이 아닌 지적 설계자에 의해 지금 같은 복잡한 생명체가 만들어졌다고 보는 것이 더 논리적이다. 따라서 진화론은 잘못된 이론이다.

목적: 창조론이 진화론보다 더 나은 이론임을 보이기 위해
　　　신(초월적인 지적 설계자)이 존재한다는 것을 방증하기 위해

위 논증은 유비추론의 형태를 취하고 있다. 주장은 "진화론은 잘못된 이론"이라는 것이다. 이 글을 쓰게 된 직접적인 동기, 즉 (현안) 문제는 "진화론은 올바른 이론인가?"일 것이다. 하지만 글의 흐름을 읽어보면 이 글을 쓰게 된 원거리의 동기, 즉 이 글을 쓴 배경인 목적은 "창조론이 진화론보다 더 나은 이론임을 보이기 위해" 혹은 "신(초월적인 지적 설계자)이 존재한다는 것을 방증하기 위해"일 것이다.

예시 중세를 벗어나 근대가 되면서 사람들은 더 이상 수동적인 '구원'이 아닌 적극적인, 쟁취의 대상이 되는 '행복'에 열중하게 되었다. 개개인들의 이러한 열망은 하나의 시대 정신이라 불러도 될 거대 담론을 형성한다. 근대 국가들은 모두 정부의 목표를 국민의 행복이라고 내세운다. 요즘 기업이나 단체들 역시 가장 큰 목표를 소비자나 단체원들의 행복에 두는 경우가 많다. 텔레비전 광고나 유행가 속에서 그리고 하루하루를 사는 사람들의 평범한 대화들 속에서 행복이라는 개념은 너무나 익숙하고 또 필수적인 요소가 되었다. 하지만 우리는 행복이라는 단어, 개념에 대해 얼마나 구체적으로 설명할 수 있을까? 많은 사람이 행복에 대해 형식적인, 그러나 피상적인 정의를 내리는 것에 그칠 뿐 구체적·실질적 설명을 하기 어려워한다. 학자들 역시 행복에 대해 설명하는 데 어려움을 느끼기는 마찬가지다. 행복에 대한 '욕구 충족 이론(desire fulfillment theory of well-being)'은 여러 경쟁하는 이론 중 주목할 만한 이론이다. 나는 이 이론이 지금 경쟁하는 행복에 관한 이론 중에서 설득력 있는 이론으로 자리매김하는 데 전혀 부족하지 않다고 생각한다.

목적: 현대인에게 진정한 행복의 의미를 고민해볼 수 있는 계기를 제공하기 위해

3) 맥락

　　모든 텍스트는 맥락 의존적이다. 누군가를 모함할 때, 그 사람이 한 말이나 글의 일부만 발췌하여 뜻을 왜곡시켜 공격하는 경우를 목격하곤 한다. 나쁜 사람이야 어디에든 있기 마련이다. 진짜 문제는 우리가 이러한 저질스러운 모함에 휘둘리기도 한다는 점이다. 모든 글은 그 글이 쓰인 상황을 떠나서는 의미를 확정 지을 수 없다. 따라서 글의 진의를 파악하려면 항상 맥락을 고려하면서 읽어야 한다.

　　맥락이란 글이 쓰인 상황을 가리킨다. 즉, 어떤 글의 의미는 그 글이 쓰인 전후 사정, 상황과 함께 음미되었을 때만 제대로 해석된다는 것이다. 이러한 원칙은 비단 비판적인 사고가 담긴 논증적인 글에만 적용되는 것이 아니라 모든 글에 적용된다. 가령, 철수가 학교에 가려고 집을 나왔을 때 철수의 집 담벼락에 "철수 바보"라는 말이 쓰여있다고 해보자. 이 말의 의미는 무엇일까?

1. 철수는 지능이 낮다.
2. 철수를 공개적으로 모욕하기 위한 말
3. 철수는 나의 마음을 몰라준다.

　　담벼락에 쓰인 말의 의미는 1~3번 중 무엇일까? 의미를 확정 짓기 위해서는 무엇을 해야 할까? 철수는 "철수 바보"라는 말의 의미를 확정 짓기 위해 골목에 설치된 CCTV를 열람할 수 있을 것이다. 만약 열람 결과 다음과 같은 전후 상황, 즉 맥락이 밝혀지면 비로소 글의 진의를 밝힐 수 있을 것이다.

1. 며칠 전 철수의 학교에 왔던 IQ 테스트 업체의 직원이 쓰고 간 것이 확인되었고, 철수가 학교에 갔을 때 그 직원이 검사 결과를 배부하고 있다면
   → 1번 의미

2. 며칠 전 철수와 싸웠던 영철이가 쓰고 간 것이 확인되었다면
   → 2번 의미

3. 철수와 같은 반인 영희가 수줍게 쓰고 간 것이 확인되었으며, 학교에 가서 영희를 만났을 때 영희가 얼굴을 붉히며 도망갔다면
   → 3번 의미

글의 맥락은 글의 서두에 나타나 있는 경우도 있지만, 짧은 글의 경우에는 생략되어 있는 경우가 많다. 또한 최근에 쓰인 글이 아니라 오래전에 쓰인 글이라면 그 글이 쓰인 당시의 전후 사정을 제대로 이해하는 것이 어려울 수도 있다. 맥락을 파악하기 어려운 경우 글의 의미를 제대로 이해하기 어렵다. 따라서 글을 쓰는 입장에서는 친절하게 글의 맥락을 제공하는 것이 좋다. 이제부터는 글에 나타난 맥락을 적극적으로 분석하며 의미를 해석하는 습관을 갖도록 하자.

> **예시** 진정한 용기는 용서하는 용기다. 물론 용서는 쉽지 않다. 깊은 상처와 고통을 잊고 용서하기까지는 많은 시간과 노력이 필요하다. 하지만 용서를 통해 우리는 과거의 굴레에서 벗어나 새로운 삶을 시작할 수 있다. 용서는 자신에게 주는 가장 큰 선물이며, 진정한 용기를 보여주는 행동이다.

위의 글은 어떤 상황에서 쓰인 것인지 전혀 추측할 수 없다. 이 글이 만약 진심 어린 사과 없이 가해자가 피해자를 대상으로 작성한 것이라면, 우리는 이 논증을 쉽사리 이해하지 못할 것이다. 하지만 만약 이 글이 가해자가 진정으로 사과한 후에 피해자가 가해자를 향해 쓴 것이라면 일정 부분 이해할 수 있는 글이 될 것이다.

맥락을 벗어난 이러한 논증은 상정 가능한 각각의 상황별로 구분하여 평가하거나 그 평가를 유보하는 것도 좋다.

예시 최근 뉴스를 보면 어린 학생들의 잔혹한 범죄 소식에 놀라움과 씁쓸함을 감출 수 없다. 과거에는 단순 절도나 폭행이 주를 이루었던 청소년 범죄가 이제는 강력 범죄, 심지어 살인으로까지 이어지는 극단적인 양상을 보이고 있다. 청소년 범죄는 우리 사회의 어두운 단면을 보여주는 거울이다. 더 이상 외면하거나 방치해서는 안 된다. 청소년들이 건강한 사회 구성원으로 성장할 수 있도록 우리 모두의 노력이 필요한 시점이다.

맥락: 미성년자 범죄가 나날이 심각성을 더해가는 상황. 미성년자 범죄가 나날이 심각성을 더해가며 사회의 관심이 쏠리고 있는 상황

위의 글은 글이 쓰인 당시의 상황, 즉 맥락이 친절하게 드러나 있다. 우리는 비교적 쉽게 글의 맥락을 파악할 수 있다. 필자는 미성년자 범죄가 나날이 심각성을 더해가는 상황에서 이 글을 쓰고 있다.

예시 최근 우리 사회는 각종 극단적인 주장들이 넘쳐나고 있다. 근거 없는 소문과 낭설들은 물론이고 심지어 상반된 주장을 하는 사람들은 객관적인 영역에서조차 정반대의 근거들을 가지고 날카롭게 대립하고 있다. 이런 때일수록 논증의 타당성과 수용 가능성을 면밀히 검토하는 비판적인 사고 능력을 키워야 한다, 왜냐하면 양극화된 사회에서 비판적인 사고 능력을 갖춘 사람들이 비판의 균형을 지키지 못한다면 공동체는 분열되고 사회 구성원 모두에게 되돌릴 수 없는 손해가 발생할 것이기 때문이다.

맥락: 사회가 극단적인 대립으로 양극화되어 있는 상황. 사회가 극단적인 대립으로 객관적인 영역에서조차 상반된 믿음을 가지게 되는 상황

※ 다음 제시문들을 읽고 개념, 목적, 맥락을 각각 분석해보자.

1. 우선 가장 먼저 살펴볼 행복과학의 근본 주제는 행복의 측정 가능성이다. 행복과학에서 행복에 관한 경험적 연구와 더불어 핵심적인 문제는 행복이 얼마만큼 정확하게 측정되고, 그리고 어떻게 측정되는가다. 사람들이 얼마만큼 행복한지를 측정할 수 있다는 생각은 기본적으로 가능하다. 그러나 얼마만큼 A가 행복한지를 보여줄 수 있는 정확한 '행복지수(hedonimeter)'를 발견하는 것은 쉽지 않다. 그런 장치는 원리상으로도 불가능할 것이다. 왜냐하면 행복은 정확하게 양화될 수 없거나 합계로 집계될 수 없는 다양한 차원을 포함하고 있기 때문이다. 그럼에도 여전히 행복의 근사치를 측정하는 것은 가능하다고 주장할 수 있다. 예를 들어, 우울증은 하나의 숫자로 정확히 수량화해서 그 정확한 값을 산출하기 어렵지만, 우울증을 부정확하게라도 측정할 수 있다면 그것만으로도 유용한 자료가 될 수 있을 것이다. 행복지수 측정은 사람들이 얼마만큼 열망을 가지고 있고, 상쾌한 기분을 누리고 있고, 만족하고 있는지에 관한 정보를 제공하고 있기 때문에 우리에게 그 사람들의 행복에 관한 어떤 것을 나타내준다. 따라서 행복에 관한 가장 단순한 자기보고식(self-reporting) 측정들은 수많은 직관적 요소(예: 친구들의 보고, 미소, 생리학적 측정, 건강, 장수 등)와 상관관계를 이루고 있다.

– 김요한, 「행복과학과 행복철학」 중에서

개념:	
목적:	
맥락:	

2. 최근 들어 사법부와 행정부, 혹은 입법부는 중요 사항들에 있어서 서로 충돌하는 양상을 자주 보이고 있으며, 이것이 오히려 국민의 우려를 낳고 있는 것으로 보인다. 노무현 대통령의 행정수도 이전 계획은 법원에서 위헌판결이 나면서 무산되었으며, 통합진보당은 법원의 판결로 강제 해산되었다. 사법부에 의한 행정부와 입법부 견제는 사실 그 자체로 잘못된 것은 아니다. 하지만 소위 '정치의 사법화'라 불리는 최근의 우려는 사법부가 선출된 권력이 아님에도 자의적으로 정치에 개입하고 있거나 혹은 그 반대로 정치권에서 사법부를 권력도구화한다는 우려다. 물론 대한민국 헌법은 모든 권력은 국민으로부터 나온다는 것을 명시하고 있다. 판사나 검사들이 가지는 권력도 결국 국민으로부터 나오는 것이며 그래야만 정당성을 가질 수 있다. 그렇다면 민주주의가 법치주의보다 더 중요한 원리인가? 하지만 사법부의 판단이 다수의 의견, 여론을 반영하는 것이 정당한가? 민주주의와 법치주의의 관계는 어떠해야 하는가?

> – 정태욱, 「민주주의와 법치주의의 관계에 대한 한 시론: 미국의 노예제 폐지의 헌정사를 중심으로」 중에서. 위 내용은 학생들의 편의를 위해 많은 부분이 수정·보완되었으며 논문의 내용과 다를 수 있음.

개념:	
목적:	
맥락:	

3. 상속에 의해 정치권력을 물려받거나 혹은 고대의 일부 공화국들처럼 제비뽑기를 통해 정치권력을 받는 경우에도 종종 현명하고 정의로운 사람이 권력의 자리에 앉은 경우가 있었다. 그러나 부패한 민주정부는 언제나 가장 최악인 사람들이 권력을 잡는 경향성이 있다. 정직한 사람과 진정한 애국심을 가진 사람들은 언제나 압박을 당하고 비양심적인 태도로 수단 방법을 가리지 않는 사람들이 성공한다. 가장 착한 사람들은 사회의 가장 밑바닥으로 가라앉고, 가장 나쁜 사람들이 최고

의 지위를 누린다. 그리고 나쁜 사람은 정의로운 사람들의 손에 의해 쫓겨나는 것이 아니라 오직 더 나쁜 인간의 손에 의해 교체된다. 이러한 모습을 보고 자란 아이들은 이러한 사악한 솜씨를 보고 배울 뿐만 아니라 존경하기 시작한다. 결국 이러한 국가의 국민은 자신들의 양심을 잃고 타락한다. 한때 자유민이었던 문명국가의 국민이 노예로 전락하게 되는 것이다.

- 헨리 조지, 『진보와 빈곤』, 546-548쪽

개념:
목적:
맥락:

3장
숨겨진 근거, 관점, 함축 요약하기

    글과 말에는 눈에 보이고 귀에 들리는 의미만 있는 것이 아니다. "철수는 춤도 잘 춘다"라는 말에서 철수는 춤 외에도 어떤 추가적인 것(어쩌면 노래 따위)을 잘한다는 의미도 전달된다. "춤도 잘춘다"라는 표현에는 '노래' 등의 개념이 전혀 등장하지 않지만, 무언가 춤과 유사한 행위 중 또 다른 잘하는 것이 있다는 것을 함의(함축)한다. "비가 오니까 우산을 챙겨가야 해"라는 말도 은연중 "비를 맞으면 안 된다"는 화자의 숨겨진 전제를 담고 있다. 비를 맞아도 상관없다고 생각한다면 굳이 우산을 챙기라는 말을 할 필요는 없기 때문이다. 이처럼 글과 말에는 눈에 보이지 않는, 귀에 들리지 않는 의미가 있다. 지금부터는 숨겨진 근거, 관점, 함축을 차례로 살펴보고 글에 담긴 숨은 의미까지 분석하고 파악하는 연습을 하도록 하자.

숨겨진 근거	주장을 믿게끔/받아들이게끔 지지하는 글로 드러나지 않은 문장
(이론적) 관점	– 필자가 논제를 바라볼 때 취하고 있는 이론적 틀 – 주제(문제)를 바라보는 입장
함축	논의의 흐름 및 새로운 정보가 주어졌을 때 주장이 함의하고 있는 새로운 주장(숨겨진 주장)

1) 숨겨진 근거

숨은 근거(전제)들을 적극적으로 분석하는 것은 중요하다. 숨은 근거를 알아야 상대방의 의도를 정확히 이해할 수 있으며, 하나의 논증이 온전히 파악된다. 이를 통해 논증의 타당성 역시 제대로 판단할 수 있게 된다. 암묵적 전제가 잘못되었다면 그 주장도 설득력을 잃게 되기 때문이다. 이는 비판적 사고의 핵심이다. 타인의 주장을 객관적으로 평가하고, 자기 생각을 명확하게 표현하기 위해 숨은 근거를 분석하는 것은 필수다. 흥미롭게도, 이는 일상에서 '눈치 빠른 사람들'이 잘하는 영역이기도 하다. 눈치 빠른 사람들은 상대방의 말에 숨겨진 의도나 전제를 재빨리 파악하여 상황을 정확하게 이해하고, 적절하게 대응한다.

말과 글에 나타나지 않은 숨은 의미를 잘 찾는 사람이 눈치 빠른 사람이다.

이처럼 숨은 근거를 분석하는 능력은 비판적 사고와 일상생활 모두에서 매우 중요한 역할을 한다.

● **생략된 근거**(비교적 명확한 숨겨진 근거)

우선 숨겨진 근거 찾기 중 가장 쉬운 것부터 시작하자. 그것은 '생략된 근거'라고 불리는 것을 찾는 것인데, 예전부터 흔히 사용되어오던 논법에서 찾아볼 수 있다. 다음은 유명한 생략 삼단논법의 사례다.

　모든 사람은 죽는다.
　(h1) _____
　따라서 소크라테스는 죽는다.

　혹은

　(h2) _____
　소크라테스는 사람이다.
　따라서 소크라테스는 죽는다.

누구나 논리적 감각만으로 h1과 h2에 무엇인가가 빠져 있다는 것을 느낄 것이다. 마치 어떤 논리적 징검다리가 있는데, 돌 하나가 빠져 있어서 건너가려면 논리적으로 무리해서 건너뛰어야 하는 느낌이 든다. 이러한 것을 '논리적 비약(飛躍)'이라고 부른다. 비약이 없기 위해 돌을 하나 더 놓아야 한다. 우리는 h1의 자리에 "소크라테스는 사람이다", h2의 자리에는 "(모든) 사람은 죽는다"를 놓아야 한다.

> **예시** 뉴스에서 외계인이 발견되었다는 보도를 보았어. 외계인은 역시 존재했어.

숨겨진 근거: 뉴스 보도는 믿을 수 있다.

뉴스 보도는 때때로 오보로 밝혀진다. 뉴스 보도에 신뢰를 보이지 않는 사람이라면 예시처럼 말하지 않을 것이다.

> **예시** 태양빛이 대기 중의 먼지를 통과한다면 태양빛은 파랗게 보일 것이다. 따라서 하늘이 파랗게 보인다.

숨겨진 근거: 대기 중에 먼지가 있다. 혹은 태양빛이 대기 중의 먼지를 통과한다.

조건문 "만약 A라면, B다"는 A를 주장하는 것도 아니고 B를 주장하는 것도 아니고 오직 A가 참으로 성립하는 조건에서는 B가 반드시 참이 된다는 것만 주장한다. 따라서 위 논증의 숨겨진 근거는 당연히 "공기 중의 먼지"에 대한 것이어야 할 것이다. 글의 흐름상 "대기 중에 먼지가 있다"도 되고 "태양빛이 대기 중의 먼지를 통과한다"는 것도 숨겨진 근거로서 좋아 보인다.

● 삼단논법 형식에서 기계적인 방법으로 숨겨진 근거 찾기

한편 논증의 형식이 간단한 삼단논법이라면 좀 더 기계적인 방법으로 숨겨진 근거(생략된 근거)를 찾기 위해 다음의 방법을 사용하면 된다. 우리의 사유는 개념으로 되어 있다. 하나의 문장은 최소한 주어와 술어라는 두 개의 부분으로 되어 있다. 따라서 우리는 주어의 개념＋술어의 개념으로 문장을 파악할 수 있다. 주어 개념과 술어 개념들을 단순한 도형으로 파악하고, 각 도형이 몇 회 등장하는지 세어보자. 삼단논법이 논리적으로 비약 없이 완성되려면 각 도형은 2회씩 등장해야 한다.

모든 사람은 죽는다.	사람 + 죽음	△ + □
(h1)		
따라서 소크라테스는 죽는다.	소크라테스(이름 ＝ 개념) + 죽음	☆ + □

위에 나타난 도형들의 등장 횟수는 □ 2회, △ 1회, ☆ 1회다. 삼단논법이 논리적 비약 없이 완성되려면 각 도형은 2회씩 등장해야 한다. 따라서 △, ☆이 1회씩 더 등장해야 한다.

A	△ + ☆	(모든) 사람은 소크라테스다.
B	☆ + △	소크라테스는 사람이다.

당연히 A보다는 B가 자연스러운 논리가 되는 문장이기에 h1에 들어가야 할

숨겨진 근거는 "소크라테스는 사람이다"가 된다.

예시
(h) _____
소크라테스는 사람이다.
따라서 소크라테스는 죽는다.

(h)		
소크라테스는 사람이다.		
따라서 소크라테스는 죽는다.		

예시
기분이 나쁜 욕은 진실이 담겨 있다. 따라서 그 사람이 나에게 한 욕은 진실이 담겨 있다.

기분이 나쁜 욕은 진실이 담겨 있다.		
(h)		
따라서 그 사람이 나에게 한 욕은 진실이 담겨 있다.		

● **암묵적 가정(논증의 약점이 될 수 있는 숨겨진 근거)**

앞서 살펴본 생략된 근거가 명시적 근거처럼 비교적 분명하게 찾아지는 것과 달리 암묵적 가정은 불분명하고 조금은 임의적이다. 또한 생략된 근거는 독자의 편의와 논증의 경제성을 위해 누구나 쉽고 명확하게 찾을법한 근거를 생략한 것이기에 중요성이 높은 것이 아니다. 하지만 암묵적 가정은 논증의 약점이 되는 경우가 많아서 매우 중요한 숨겨진 근거다. 생략된 근거와 암묵적 가정은 구분되는 요소들이지만, 큰 틀에서 '숨겨진 근거'로 한데 묶인다.

암묵적 가정은 어떤 사람이 논증을 펼칠 때 그 사람이 이미 취하고 있는 관점과도 밀접하게 관련되어 있다. 암묵적 가정(implicit assumption)은 글쓴이가 은연중 참이라고 생각하여 명시적으로 드러내지 않은 믿음을 말한다. 이러한 가정들은 글쓴이의 배경, 경험, 가치관 등에 영향을 받으며, 글의 내용과 방향을 결정하는 데 중요한 역할을 한다. 글의 관점은 글쓴이가 특정 주제나 사건을 바라보는 입장(standing point)을 의미하며, 어떤 관점을 취하느냐에 따라 사건에 대한 태도가 달라진다. 글의 관점은 암묵적 가정을 형성하는 기반이 된다. 즉, 글쓴이가 취하고 있는 관점은 특정 주제에 대한 자신의 암묵적 가정들을 형성하고, 그 가정 아래서 논증을 구성하고 전개하게 된다.

> **예시** "기호용 마약은 각종 범죄를 유발하기 때문에 합법화해서는 안 된다."
>
> **생략된 근거:** 각종 범죄를 유발하는 것은 합법화해서는 안 된다.
> **암묵적 가정:** 공동체의 안녕은 개인의 자유보다 소중하다.
> **근거 1:** 기호용 마약은 각종 범죄를 유발한다.
> **주장:** 기호용 마약은 합법화해서는 안 된다.

생략된 근거는 앞서 배운 기계적인 삼단논법 방식으로 쉽게 찾을 수 있다. 생략된 근거는 각종 범죄를 유발한다는 이유만으로 개인의 자유를 제한해야 한다는 것이다. 이로 미루어보아 공동체(사회)의 안녕이 개인의 자유보다 더 중요하다는 암묵적 가정을 찾을 수 있다. 암묵적 가정은 생략된 근거와 달리 명쾌한 정답이 존재하는 것은 아니다. 분석하는 사람에 따라 상이한 암묵적 가정이 찾아질 수 있다. 하지만 그렇다고 완전히 임의적·자의적 분석이 되어서는 안 된다. 글쓴이가 마음속에 품었을 만한 생각을 논리적이고 합리적인 추론을 통해 추측해내야 한다.

● 깊이 있는 생각과 숨겨진 근거 찾기

마지막으로 숨겨진 근거 찾기는 '깊이 있는 생각'과 깊은 연관이 있다는 것을 밝혀두고자 한다. 다음의 사례를 살펴보자.

어느 화창한 봄날, 친구와 나는 벚꽃 구경을 나섰다. 휠체어를 탄 젊은 사람을 보았다. 상춘객이 셀카를 찍기에 바쁜 가로수길에서 그녀/그는 혼자 횡단보도의 신호가 바뀌기를 기다리며 앉아 있었다. 친구는 나에게 말했다.
"어, 참 안됐다."

친구의 "안됐다"라는 말은 무슨 뜻일까? 왜 그런 말을 하는 것일까? 논증으로 의도된 발화는 아닐 테지만, 학습 목적을 위해 논증으로 의도된 말이라고 해보자. 그렇다면 아마도 다음과 같이 논증으로 재구성될 수 있을 것이다.

논증 재구성 1

전제 1: 저 사람은 휠체어에 앉아 있다(알려진 정보/관찰).
숨겨진 근거: ???
결론: 저 사람은 불행하다.

숨겨진 근거 찾기의 경우 위의 예시처럼 반드시 삼단논법의 형식을 가질 필요는 없다. 하지만 가장 쉽게 이해할 수 있는 논증 형식이 삼단논법이기 때문에 가급적 숨겨진 근거 찾기의 틀을 삼단논법의 형식으로 재구성하도록 하자.

논증 재구성 2

근거: 저 사람은 휠체어에 앉아 있다(알려진 정보/관찰).
숨겨진 근거: 휠체어를 탄 사람은 불행하다.
결론: 저 사람은 불행하다.

삼단논법에 맞춰 숨겨진 근거를 찾는 것은 어렵지 않다. 숨겨진 근거 찾기는 원칙상 무한히 반복될 수 있다. 하지만 누구나 열정과 시간이 제한적이다. 분석의 깊이는 어느 수준에서 멈춰야 할 것이다. 그리고 그 수준이 바로 사유의 깊이가 된다.

근거: 휠체어를 탄 사람은 이동이 자유롭지 못한 사람이다(알려진 정보/상식).

숨겨진 근거: 이동이 자유롭지 못한 사람은 불행하다.

주장: 휠체어를 탄 사람은 불행하다.

근거 1: 이동권은 인간의 기본권이다(알려진 정보/배경지식).

숨겨진 근거: 기본권이 제한된 사람은 불행하다.

주장: 이동이 자유롭지 못한 사람(이동권이 제한된 사람)은 불행하다.

4회에 걸친 숨겨진 근거 찾기의 결과는 "기본권이 제한된 사람은 불행하다"이다. 숨겨진 근거 찾기를 거듭한 결과 아래와 같이 아주 단순한 감정적 표현으로부터 행복관에 대한 생각까지 깊이 있는 분석이 이뤄졌음을 알 수 있다.

"참 안됐다." → 휠체어를 탄 사람은 불행하다. → 이동이 자유롭지 못한 사람은 불행하다. → 기본권이 제한된 사람은 불행하다. → 아! 이 친구는 인간의 기본권과 행·불행에 대해 이러한 생각을 가지고 있구나.

원칙상 더 할 수 있으나 이 정도로 만족하자. 물론 아주 단순한 문장 하나로 타인의 깊은 생각까지 확실하게 알아차릴 수는 없다. 그러한 섣부른 단정을 권장하고자 하는 것은 결코 아니다. 중요한 것은 표면적이고 형식적인 숨겨진 근거 찾기 절차를 반복하는 것만으로도 어느 정도 깊이 있는 암묵적 가정과 관점을 찾을 수 있다는 것이다.

2) 관점

중세적 관점에서 지식은 신적인 지식(divine knowledge)과 인간적 지식(human knowledge)으로 나뉘어 생각되었다. 물론 지식의 모범은 불완전한 인간적 지식이 아니라 오로지 완전무결, 절대적인 신적인 지식이었다. 그렇기 때문에 지식의 원천 또한 오직 신의 계시나 신의 대리인의 말씀 같은 신적인 권위와 그것으로부터 함축되어 있는 내용들을 완전무결하게 도출할 수 있는 연역적인 방법만이 인정되었다. 나머지 지식의 원천들은 이단으로 간주되어 누구도 원하지 않는 비극의 씨앗이 되기도 했다.

현대적 관점에서 우리는 더 이상 완전무결한 신적인 지식을 추구하지 않는다. 그것이 불가능한 것으로 판명되기도 했거니와 우리가 이 세계의 진실과 진리를 발견하는 데 사용하는 소위 과학적 방법이라는 지금까지 발견한 믿음을 형성하는 방법 중 으뜸인 방법론이 그 자체로 오류에 열려있는 것으로 간주되기 때문이다. 과학적 방법이 다른 여타 과거의 방법들보다 좋다고 여겨지는 이유는 그것이 완전무결한 신이나 가질법한 지식을 산출하기 때문이 아니라 그것이야말로 내재적으로 스스로의 오류를 발견하고 인정하며 수정할 방법을 제공해주기 때문이다.

● 인간의 지식은 관점에 의존

인간적 지식은 다른 별명을 가지고 있다. 그것은 바로 관점적 지식(perspective knowledge)이다. 거칠게 말하자면, 인간이 가질 수 있는 지식은 언제나 특정 관점 아래 성립하는 지식이며, 그러한 관점을 떠나면 자명해 보이던 지식도 의심스러운 것으로 변한다. 가령 동일한 코끼리도 관찰자가 어디에서 바라보느냐에 따라 다른 모습으로 보이고, 삼각형의 내각의 합이 180°라는 자명해 보이던 지식도 유클리드 기하학이라는 특정 이론적 관점을 떠나 비유클리드 기하학의 관점에서 바라보면 더 이상 지식이 아니게 된다.

특히 이론적 관점이 중요한 이유는 우리가 독립적이고 객관적이라고 간주하는 관찰 또한 관찰자가 믿고 있는 이론에 따라 달라지는 성향을 띤다는 점에서 찾아볼 수 있다. 관찰의 이론 의존성이라고 불리는 이러한 속성은 가령 빛보다 빠르게 이동하는 것이 불가능하다는 일반 상대성 이론을 신봉하는 물리학자들이 가끔 관찰되는 실험 결과들이 이러한 이론에서 벗어날 때 애써 무시하거나 관측장비의 오류로 귀책하는 행태에서 확인된다.

직접적으로 관점을 밝히고 그러한 관점하에서 본인의 견해를 밝히는 경우도 있다. 아래 예문은 화자(필자) 자신이 취하고 있는 관점이 "생물학적 관점"이라는 것을 밝히면서 그 관점에서 보자면 인간에게는 어떤 권리가 있는 것이 아니라 특정 형질이 있을 뿐이라는 주장을 펼치고 있다.

> 생물학적 관점에서 보자면, 인간에게는 어떤 권리가 있는 것이 아니라 특정 형질(능력)이 있는 것이다. 마치 새가 날 권리가 있어서 나는 것이 아니라 날 수 있는 형질이 있기 때문에 나는 것처럼 말이다.
>
> - 유발 하라리, 『사피엔스』 중에서

우리는 필자의 주장이 생물학적 관점에 의존하고 있으며 생물학적 관점을 떠나 다른 관점을 취한다면, 가령 정치학이나 철학적 관점을 취한다면 다르게 볼 여지가 있다는 것을 확인할 수 있다.

● 이론적 관점 찾기

하지만 많은 경우 말이나 글에는 관점이 직접적으로 드러나 있지 않다. 이때 우리는 비판적 사고 요소인 관점을 적극적으로 찾아서 분석하고 식별해야 한다. 예를 들어, 영희는 대학에서 직업 교육을 더욱 강화해야 한다고 주장하는 반면 철수는 교양 교육을 더욱 강화해야 한다고 주장한다고 가정해보자. 영희는 대학의 목적, 이념에 대해 실용주의적 관점을 취하고 있다고 볼 수 있는 반면, 철수는 전인 교육적 관점을 취하고 있다고 하겠다. 이처럼 가능한 많은 관점을 찾아서 쓰기보다는 흔히 '~적'으로 끝나는 '이론적 관점'을 찾는 것이 수월하기도 하고 요긴하기도 하다.

예시 "기호용 마약은 각종 범죄를 유발하기 때문에 합법화해서는 안 된다."

생략된 근거: 각종 범죄를 유발하는 것은 합법화해서는 안 된다.

근거 1: 기호용 마약은 각종 범죄를 유발한다.

주장: 기호용 마약은 합법화해서는 안 된다.

암묵적 가정: 공동체의 안녕은 개인의 자유보다 소중하다.

관점   공동체주의적 관점(개인의 자유·권리보다 사회·공동체의 선(goodness)이 더 중요하다고 보는 이론적 관점)

연습문제

※   다음 글에 담겨 있는 관점을 찾아 써보자.

> 안락사는 의료 자원의 효율적 배분, 개인 및 사회의 경제적 부담 완화, 생산성 증대, 개인의 자율성 존중 등의 긍정적 효과를 가져올 수 있다. 장기간의 질병 치료는 환자와 가족에게 엄청난 경제적 부담을 지운다. 안락사는 이러한 부담을 줄여 가족 구성원들이 경제 활동에 전념하고 삶의 질을 유지할 수 있도록 돕는다. 또한 우리는 개인의 합리적 선택을 중시해야 한다. 안락사는 개인이 자기 삶의 마지막을 스스로 결정하고 존엄하게 죽음을 맞이할 권리를 보장하는 선택이 될 수 있다.

예시답안   경제학적 관점. 이 글은 경제학에서 말하는 효율적인 자원의 분배와 경제적 공리의 가치를 은연중에 드러내고 있다. 또한 경제학에서 말하는 합리적이고 (이기적인) 인간 모델을 적용하여 안락사 옹호의 근거로 활용하고 있다. 경제학적 관점을 떠나서 가령 윤리학적 관점을 취한다면 안락사에 대한 옹호 논변은 크게 달라질 수도 있음을 유의하면서 읽어야 한다.

3) 함축

하나의 생각은 다른 생각으로 이어지는 경향이 있다. "생각이 꼬리에 꼬리를 문다"는 표현은 이런 흐름을 잘 나타낸다. "최근 몇 년간 전기차 판매량이 급증하고 있다"라는 말을 듣는다면 우리는 자연스럽게 '앞으로 내연기관 자동차 시장은 축소되고, 전기차 관련 산업이 빠르게 성장할 것이다'라는 생각으로 더 나아간다. 또는 누군가 "나는 법이 무섭지 않아!"라고 (진지하게) 말하는 것을 듣는다면, '아~ 이 사람은 나쁜 짓을 저지르는 것을 서슴지 않겠구나' 하고 생각한다. 왜냐하면 우리의 상식에 따르면 법은 나쁜 짓(범죄)을 억제하는 것이기 때문이다.

● 함축을 찾는 방법

함축을 찾는 방법은 논증에서 주장을 구분해낸 다음 새로운 정보를 추가하여 삼단논법의 전제 두 개를 구성하여 새로운 주장을 도출해내는 것이다. 이때 얻은 새로운 주장이 '함축'이다. 여기서 새로운 정보는 ① 기존 논증에서 등장하지 않은 정보여야 하고, ② 이견의 여지가 없는 상식적인 정보여야 한다.

> **근거:** 국가는 국민 모두가 원하는 교육을 받도록 지원해야 한다.
> **주장:** 모든 대학의 등록금을 국가가 부담해야 한다.

> **논증 재구성**

> **주장:** 모든 대학의 등록금을 국가가 부담해야 한다.
> **새로운 정보:** 국가가 지출하는 돈은 모두 국민의 세금으로 충당된다.
> **함축:** 증세 정책이 필요하다.

새로운 주장인 "증세 정책이 필요하다"는 주장 + 새로운 정보를 통해 논리적으로 얻어진다. 새로운 정보 "국가가 지출하는 돈은 모두 국민의 세금으로 충당된다"의 자리에는 다른 정보가 올 수도 있다. 새로운 정보에 다른 정보가 온다면 함축 역시 다른 것이 도출될 것이다. 가령, "어떤 사람은 대학에 가지 않는다"라는 이견의 여지가 없는 정보가 추가된다면 다음과 같은 함축이 나올 것이다.

주장: 모든 대학의 등록금을 국가가 부담해야 한다.

새로운 정보: 어떤 사람은 대학에 가지 않는다.

함축: 어떤 사람은 국가가 지원해주는 복지제도에서 소외된다.

흥미로운 함축을 이끌어내기 위해 분석하는 사람이 얼마나 많은 적합한 정보를 사용할 수 있는가의 문제가 남아 있을 뿐이다.

예시 "본 가게는 손님의 신발 분실 시 책임지지 않습니다."

명시적 주장: 손님의 신발 분실에 대해 본 가게는 책임이 없다.

새로운 정보(기존 논증에 포함되어 있지 않은 정보): 상법 152조에 따르면 대중 접객 업소는 손님의 물품 분실에 대하여 책임이 있다.

주장의 함축: 본 가게는 상법 152조에 따르지 않는다.

한편, 새로운 정보를 추가하지 않아도 논의의 흐름, 논리의 흐름을 따라 더 나아간 주장을 찾는 방식도 있다. '더 나아간 주장' 역시 주장의 '함축'이다.

예시 우리 학교 학생들은 쓰레기를 교정 아무 곳에나 버린다. 학생들이 학교를 자신의 집처럼 여긴다면 이처럼 아무 곳에나 쓰레기를 버리지 않을 것이다. 타 대학은 학생들이 학교에 대한 주인의식이 있다. 타 대학의 경우 학생들이 쓰레기를 아무 곳에나 버리지 않고 분리수거도 철저히 하는 것으로 드러났다. 따라서 우리 학교 학생들이 쓰레기를 교정 아무 곳에나 버리는 이유는 학교에 대한 주인의식이 없기 때문이다.

위 논증의 흐름을 미루어 짐작건대, 필자가 이 다음에 계속해서 무엇인가를 주장하거나 제안한다면 그것은 아마도 "우리 학교는 학생들의 주인의식 함양을 위한 교육 프로그램을 마련해야 한다" 정도가 될 것이다. 이처럼 글이 끝난 후에도 더 나아가 무엇을 주장할 수 있을까 고민해본다면 쉽게 함축을 찾을 수 있다.

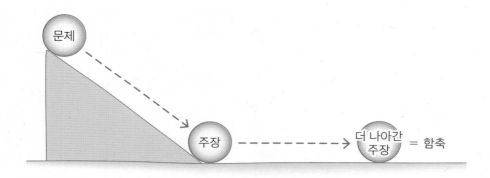

1. 다음 글을 읽고 관점을 찾아보자.

인류 문명은 강 유역의 비옥한 토지에서 탄생했다. 메소포타미아, 이집트, 인더스, 황하 등 거대한 강을 끼고 발달한 고대 문명들은 풍부한 수자원과 비옥한 토양을 기반으로 농업 생산성을 높이고 인구를 증가시키며 도시를 형성했다. 예를 들어, 높은 산맥으로 둘러싸인 그리스는 도시국가들이 각자 독립적으로 발전하며 다양한 문화를 꽃피웠다. 반면, 넓은 평야를 가진 중국은 통일 왕조 중심으로 발전하며 거대한 제국을 건설했다. 또한 유리한 지리적 위치는 교역을 활성화하고 문명 발전을 촉진했다. 예를 들어, 지중해 중심에 위치한 페니키아는 해상 무역을 통해 번영을 누린 반면, 내륙에 위치한 문명은 교역에 제약을 받아 발전 속도가 느렸다.

관점:

2. 다음 글을 읽고 함축을 찾아보자.

모든 사람은 법 앞에 평등해야 한다. 그런데 과연 우리 사회는 모든 사람이 법 앞에 평등하다고 할 수 있는가? 법 앞에 평등하다면 동일한 범죄에 대해 동일한 고통을 받아야 한다. 하지만 우리 사회는 그러한가? 똑같이 교통신호를 위반했어도 누구는 극심한 고통을 처벌받고 누구는 아주 아주 가벼운 고통을 처벌받는다. 왜냐하면 10만 원의 벌금은 수천억의 재산을 가진 사람에게는 솜사탕보다 가벼운 금액이지만, 가난한 사람들에게는 생필품을 줄여야 할 만큼 고통스러운 금액이기 때문이다. 우리 사회는 모든 사람이 법 앞에 평등한 사회가 결코 아니다.

주장:
함축:

3. 다음 글을 읽고 다음의 요소들을 분석하라.

화성에 생명체가 살 수 있다는 주장은 오랫동안 과학적 탐구의 대상이었으며, 여러 가지 증거와 논리를 통해 뒷받침되고 있다. 우선 화성의 표면 상태는 지구와 가장 유사하며 태양과의 거리 및 자전 주기도 지구와 비슷하다. 또한 과거 화성에도 물이 존재했다는 강력한 지질학적 근거들이 발견되었다. 화성에도 지구보다 얇지만 대기층이 형성되어 있으며, 최근 큐리오시티의 탐사 결과 화성의 토양에서 유기 분자가 발견되었다.

주장:	
문제:	
명시적 근거:	
숨은 근거:	
함축:	

4장
분석적 요약문 쓰기

앞서 비판적 사고와 정당화 글쓰기에 필수적인 구성 요소들을 배웠다. 이제 우리가 배운 구성 요소들을 글에서 추출한 후 종합해서 분석적 요약문을 쓸 수 있다. 분석이라고 하는 것은 압축이 아니라 도축(dressing)과 비슷하다. 솜씨 좋은 도축 업자가 뼈만 남기고 살을 발라내듯 비판적 사고, 좁게는 정당화 과정이 담긴 글을 비판적 사고의 필수 요소만 남겨두고 나머지 부분들을 잘라낼 수 있다.

분석 요소들

분석 항목		내용	
주장		– 독자로 하여금 최종적으로 믿게끔 의도되는 문장 – 문제에 대한 최종적인 대답	
문제		– 논증이 시작되는 최초의 질문, 문제 상황 – 글의 직접적인 동기	
근거	명시적 근거	주장을 믿게끔/받아들이게끔 지지하는 문장	글로 드러나는 근거
	숨겨진 근거		글로 드러나지 않은 근거
핵심 개념		핵심 논증을 구성하는 문장들에서 가장 중요하고 두드러진 개념	

목적	– 글을 쓰게 된 배경이자 원거리의 동기 – 저의
맥락	글이 쓰일 때의 상황
이론적 관점	– 필자가 논제를 바라볼 때 취하고 있는 이론적 틀 – 입장
함축	논의의 흐름 및 새로운 정보가 주어졌을 때 주장이 함의하고 있는 새로운 주장(숨겨진 주장)

하나의 완성된 글은 논증의 요소들만 있는 것은 아니다. 때로는 미사여구도 필요하고, 필요에 따라서는 중언부언도 효과적일 수 있다. 또한 무엇보다 관련된 개념과 배경 정보를 전달하는 내용도 반드시 포함하고 있어야 한다. 하지만 여기서는 비판적 사고가 담긴 논증의 요소들만 추려내자. 불필요한 부분들을 제거하고 앞서 배운 요소들만 선별하여 글의 비판적 사고의 핵심 구조를 만들고 그것들을 종합하여 분석적 요약문을 작성한다.

다음 글을 읽고 비판적 사고의 요소들을 분석해보자.

예시 우리가 중시해야 할 것은 토론의 자유다. 흔히 우리가 갖고 있는 의견이나 주장은 이성적·논리적 사고에 따라 치밀하게 논증된 것이 아니라 그 사회 대부분 사람들이 옳다고 생각하는 감정이나 여론, 습관에 따라 결정된 것일 가능성이 크다. 보통 사람들은 다수의 의사를 당연한 것, 즉 아무런 의심도 없이 자명하고 정당한 것으로 받아들인다. 하지만 이것은 인류의 착각일 뿐이다. 따라서 토론과 논증을 거치지 않은 견해가 있다면, 그것은 진리가 아니라 단지 독단일 수도 있다. 어떤 의견이든, 예를 들어 기독교를 믿는 국민이 갖는 신에 대한 절대적인 믿음조차 반대 의견을 경청하는 토론을 거침으로써 그것이 진정한 진리라는 것을 입증할 수 있어야 한다. 우리는 모든 견해에 대해 그것이 절대적으로 옳다고 믿는 무오류성의 가정을 버리고 토론을 통해, 즉 갑론을박을 통해 그 견해에 대한 근거를 따져보고 그것의 진리 여부를 판단해야 한다. 토론을 거치지 않고 비판에 열려있지 않은 진리는 진정한 진리라고 말할 수 없다. 어떤 의견도 오류일 수 있다는 가능성을 인정해야 한다.

- J. S. Mill, 『자유론』 중에서

요소별 분석

주장	우리가 중시해야 할 것은 토론의 자유다.
문제	어떤 자유야말로 중시해야 할 것인가?
명시적 근거	1. 사람들은 많은 믿음을 다수의 의견이라는 이유로 받아들인다. 2. 다수의 의견은 감정, 여론, 습관 등에 따라 주어진 것이다. 3. 따라서 그것들은 거의 대부분 검증(논증, 입증)되지 않은 것이다(1, 2로부터). 4. 검증되지 않은 믿음은 토론을 통해 그것이 진정한 진리라는 것을 입증할 수 있어야 한다. 5. 따라서 정당화되지 않은 (그러한) 믿음은 토론을 통해 검증되어야 한다(3, 4로부터). 주장: 우리가 중시해야 할 것은 토론의 자유다.
핵심 개념	토론, 자유
목적	자유민주주의가 뿌리내리기 위한 토대를 만들기 위해
맥락	여론에 의해 토론의 자유가 억압받고 있는 상황
이론적 관점	– 자유주의적 관점 – 개인주의적 관점
함축	토론의 자유를 억압하지 않는 사회 분위기를 만들어야 한다.

분석적 요약문

존 스튜어트 밀은 『자유론』에서 무엇보다 중요한 것은 토론의 자유라고 역설한다. 그는 여론, 사회적 분위기 속에서 토론의 자유가 위축되는 모습을 보고 토론의 자유가 지니는 가치를 환기시켜 진정한 자유주의, 민주주의가 꽃피우기를 바랐다. 그에 따르면 대부분 사람들은 다수의 의견이라는 이유만으로 어떤 견해를 형성하기 일쑤다. 그런데 다수의 의견이라는 것도 감정, 여론, 습관에 의해 형성된 것들이다. 그래서 그러한 것들은 진짜로 참된 것인지 검증되지 않은 것들이다. 한편 검증되지 않은 믿음들은 토론을 통해서만 검증될 수 있다. 따라서 그러한 정당화되지 않은 믿음들은 갑론을박 토론을 거쳐 검증되어야 한다. 이로부터 우리가 얻을 수 있는 결론은 자유민주주의에서 무엇보다 중요하게 여겨야 할 것은 토론의 자유라는 것이다. 그의 관점은 어디까지나 자유주의적 관점, 개인주의적(사회, 공동체보다 개인의 권리를 중시하는) 관점이다. 그는 궁극적으로 그 어떤 주제에 대해서라도 자유롭고 공정한 토론이 꽃필 수 있는 사회를 만들어야 함을 주장한 셈이다.

※ 핵심 개념은 문제가 없으면 요약문에서 생략될 수 있음.

분석 항목들을 자유롭게 연결해 하나의 요약문을 만들 수 있다. 즉, 분석 항목들이 요약문에서 차지하는 위치는 하나의 정답만 있는 것이 아니다. 다만, 글의 주장, 목적, 맥락 등은 요약문의 서두에 나오는 것이 자연스럽다.

제시문의 문장들을 그대도 복사해서 붙이는 것도 좋다. 하지만 좀 더 세련된 요약문을 작성하고자 한다면 적당한 어휘로 바꿔서 쓰는 것이 좋다. 물론 핵심 개념어, 핵심 문장들은 바꾸지 않는 것이 좋다.

경우에 따라 관점이나 함축 역시 생략해도 무방하다. 관점과 함축에는 흥미로운 것도, 다소 흥미롭지 않은 것도 있다. 우리는 보통 비판적 사고의 관점에서 다소 의구심이 드는 관점과 함축을 흥미롭다고 할 것이다. 너무 뻔하거나 쉬운 관점과 함축이라면 생략해도 좋다.

예시 나는 결코 당신이 해석하신 대로 비범한 사람은 언제나 온갖 불법을 행하지 않으면 안 된다거나 그것을 범해야 한다고 주장한 것은 아닙니다. 나는 도리어 그런 의견은 허락될 수 없다고 생각합니다. 제가 암시한 것은 다만 비범한 사람은 권리를 가졌는데, 그 권리란 공적인 권리가 아니고 자기 양심을 뛰어넘어 어떤 장애를 넘어설 수 있다는 것을 말하는 것입니다. 다만 그것은 사상, 더구나 그 사상이 온 인류를 위한 구체적인 의의로서 요청될 때, 바로 그때에 한해서만 그 사상의 실천이 허용됩니다.

이제 자세히 설명하겠습니다. 당신도 원하실 테니까요. 그래서 내 생각으로는 만약 케플러나 뉴턴의 발견이 어느 과정을 거치지 않고서는, 예를 들어 한 사람, 열 사람, 백 사람, 혹은 그 이상의 사람들이 방해한다면, 그리고 이 많은 사람들의 생명을 희생시키지 않고서는 도저히 그 발견을 이룩하지 못할 때, 이런 경우 뉴턴의 자기 발견을 인류에게 보급하기 위해 그 방해자들을 해치울 권리가 있다는 겁니다. 아니, 그렇게 해야 할 의무가 있습니다.

물론 그렇다고 해서 뉴턴이 마음대로 사람을 죽이거나 시장을 찾아다니며 도둑질할 권리가 있다는 것은 아닙니다. 인류 역사상 건설자나 입법자를 보면 예부터 지금까지 리쿠르고스, 솔로몬, 모하메드, 나폴레옹 같은 사람은 모두 하나같이 새 법률을 반포하고 그 법률에 의해 종래 사회가 신봉해오던 구법을 파괴한 그 하나만으로도 범죄자인 것입니다. 그들은 자기를 위해 피를 흘리지 않으면 안 될 경우에 처하면 조금도 주저 않고 피를 흘리게 했습니다. 이렇게 보면 이제까지의 인류를 위한 건설자나 은인들은 모두 도살자들입니다. 이건 중요한 일입니다. 정도의 차이는 있지만 사람은 누구를 막론하고 위대한 점이 있거나 남보다 조금이라도 뛰어난 점이 있는 사람이라면, 아니, 좀 색다른 말이라도 할 줄 아는 사람이라면 누구든지 자기가 타고난 그 천성 때문에 범죄자가 되지 않을 수 없는 것입니다.

좀 더 자세히 분석해서 말씀드리면, 사람이란 자연 법칙에 의해 대개 두 가지 유형으로 분류할 수 있는데, 자기 자신과 같은 인간을 번식시키는 것 외에는 아무런 능력도 갖지 못한 저급한 인간, 즉 평범한 사람, 한마디로 말해 다만 물질에 지나지 않는 사람과 순수한 인간으로서 자신이 지닌 새로운 언어를 구사할 줄 아는 천분을 가진 사람들, 이렇게 둘로 나눌 수 있습니다. 더 세밀히 구분하면 끝이 없겠지만, 이 두 유형의 경계선은 매우 명확합니다. 제1유형, 즉 물질적인 부류는 대개 보수적이고 질서적이며 복종 생활을 영위할 뿐 아니라 오히려 복종적인 일을 달게 받아들이는 사람들입니다. 제 생각으로는 그들은 복종적이어야 할 의무를 지니고 있습니다. 그것이 그들의 천직이니까요. 틀림없이 그들은 그러한 생활이 조금도 불만스럽지 않을 것입니다.

이와 반대로 제2유형은 거의 법을 초월하는 사람들로서 스스로 가진 능력에 따라 파괴자나 그렇지 않으면 그런 경향을 갖게 마련입니다. 이들의 범죄는 상대적이며 여러 가지가 있겠지만, 어쨌든 그들의 대부분은 어떤 목적을 세워놓고 그 밑에서 현존하는 기존 질서를 파괴하려고 애씁니다. 만일 자기네들의 사상을 실현하기 위해 피를 보지 않으면 안 될 경우에 아마도 그들의 양심은 그 행동을 하도록 도와줄 것입니다. 물론 이것은 사상의 정도나 규모에 따라 차이가 있겠지요. 하지만 대중은 그들에게 그러한 권리가 있다는 것을 결코 인정하려 들지 않을 것입니다. 오히려 그들을 처벌하고 교살하기를 주저하지 않을 것이지요. 정도의 차이는 있겠지만 그렇게 함으로써 그들은 자기네들의 질서를 지킬 수 있을 것입니다. 그러나 다음 세대가 오면 그들 대중은 자기네들이 교살했던 범죄자들에 대해 기념비를 세우고 높은 단 위에 모셔놓고 배례를 함으로써 자기네들의 기존 질서로 삼을 것입니다.

- 도스토옙스키, 『죄와 벌』 중에서

요소별 분석

주장	비범한 사람은 (그 사상이 온 인류를 위한 구체적인 의의로서 요청될 때) 자기 양심을 뛰어넘어 어떤 (도덕적) 장애라도 넘어설 수 있는 권리를 가졌다.
문제	비범한 사람은 (그 사상이 온 인류를 위한 구체적인 의의로서 요청될 때) 자기 양심을 뛰어넘어 어떤 (도덕적) 장애라도 넘어설 수 있는 권리를 가졌는가?
이유와 근거 (숨겨진 이유 포함)	1. 리쿠르고스, 솔로몬, 모하메드, 나폴레옹 같은 사람들은 비범하다(숨겨진 근거). 　+ 종래의 법, 질서를 파괴하고 새로운 법, 질서를 구축한다는 것은 범죄다(숨겨진 근거). 2. 리쿠르고스, 솔로몬, 모하메드, 나폴레옹 같은 사람들은 모두 종래의 법과 질서를 파괴하고 새로운 법과 질서로 대체했다. 3. 자신의 반대자들을 죽이는 것은 범죄다(숨겨진 전제). 4. 리쿠르고스, 솔로몬, 모하메드, 나폴레옹 같은 사람들은 모두 이러한 행위를 함에 있어서 과감하게 반대자들을 죽였다. 5. 비범한 자들은 본성상 범죄자가 되지 않을 수 없다. 6. 물질적인 부류는 대개 보수적이고 질서적이며 복종 생활을 영위할 뿐 아니라 오히려 복종적인 일을 달게 받아들이는 사람들이다. 그들은 복종적이어야 할 의무를 지니고 있다.

이유와 근거 (숨겨진 이유 포함)	7. 비범한 부류는 거의 법을 초월하는 사람들로서 스스로 가진 능력에 따라 파괴자나 그렇지 않으면 그런 경향을 갖고 있으며, 이들은 어떤 목적을 세워놓고 그 밑에서 현존하는 기존 질서를 파괴하려고 애쓸 뿐만 아니라, 만일 자기네들의 사상을 실현하기 위해 피를 보지 않으면 안 될 경우에 아마도 그들의 양심은 그 행동을 하도록 도와준다. 8. 물질적 부류는 비범한 자들을 처음에는 박해하지만 시간이 흐르면 결국 비범한 자들을 추앙하며 그 뜻이 옳았음을 깨닫게 된다. (간략히 하면, 핵심 논증은 다음과 같다.) 1. 비범한 자들은 모두 범죄자였다. 2. 사람들은 두 부류로 나뉘며, 다만 물질에 불과한 인간은 가치가 없다. 3. 처음에는 비범한 자들이 박해받지만, 결국 평범한 부류의 사람들이 비범한 자들을 칭송하기 마련이다. (따라서) 비범한 사람은 구체적 대의(의의)가 있을 때 어떤 짓이든 할 수 있는 권리를 가졌다.
논증의 구조	1+2+3+4 → 5 6+7+8 → C(주장)
핵심 개념	비범함, 양심, 범법, 온 인류를 위한 구체적인 의의
목적	구체제에 저항하고자 하는 작가는 자신의 소설을 통해 새로운 사상을 과격하게 선동하기 위해
맥락	계몽주의 사상과 과학적 합리주의가 뒤늦게 도달한 유럽의 변방 러시아
(이론적) 관점	초인주의적 관점, 실존주의적 관점
주장의 함축	– 새로운 정보: 모든 인간은 실수할 수 있다(완벽한 인간은 없다). / 인류의 진보는 모든 사람의 인권이 평등하게 보장되는 것이다. – 핵심 주장: 비범한 사람은 (그 사상이 온 인류를 위한 구체적인 의의로서 요청될 때) 자기 양심을 뛰어넘어 어떤 (도덕적) 장애라도 넘어설 수 있는 권리를 가졌다. – 주장의 함축: 비범한 사람이라도 다른 사람의 권리를 실수로 짓밟을 수 있다. 즉, 인류의 진보를 위한 의의로서 인류의 진보를 저해하는 역설적인 상황이 발생할 수 있다.

주장의 함축은 새로운 정보 "모든 인간은 실수할 수 있다(완벽한 인간은 없다). / 인류의 진보는 모든 사람의 인권이 평등하게 보장되는 것이다"를 추가했다. 따라서 도출된 새로운 주장인 함축은 본 논증의 주장을 약화한다. 새로운 정보에 무엇을 추가하는지는 분석하는 사람에 따라 다르다. 다만 본 예시에서는 흥미로운 함축을 찾기 위해 모든 인간이 실수한다는 것을 새로운 정보로 삼았다. 이렇게 찾아진 함축은 깊이 있는 사고로 이어지고 제시문의 설득력에 의구심을 갖게 한다.

비교적 긴 글을 분석할 때는 문단별로 접근하는 것이 좋다. 각 문단에서 하나의 핵심 문장을 찾는다면, 그것이 핵심 주장, 핵심 근거일 확률이 높다. 물론 실제 완결된 글들은 서언이나 맺음말에 해당하는 부분들도 있고, 설득을 위해 독자들을 교육하는, 즉 정보를 전달하기만 하는 부분들도 있다. 그러한 부분들은 적절하게 분석에서 배제하고, 요약문을 쓸 때도 적절하게 배제하거나 간략하게 다뤄야 한다.

분석적 요약문은 어디까지나 분석하여 필자가 명시적으로 또 암묵적으로 드러낸 생각을 이해하고 명확히 하는 데 목적이 있다. 따라서 필자의 논의에 불편을 느끼거나 주장이 마음에 들지 않는다고 해서 (객관적이건 주관적이건) 평가를 가미해서는 안 된다. 나중에 배우게 될 논평문 작성에서 그러한 작업을 할 필요가 있지만, 여기서는 논평문 작성의 밑바탕이 되는 분석문 작성에만 집중하자.

분석적 요약문

> 필자는 비범한 사람은 인류를 위한 구체적인 대의(의의)가 있다면 (범죄까지 포함한) 어떤 짓이든 할 권리가 있다고 주장한다. 이러한 주장의 근거로 첫째, 역사적으로 비범한 사람들은 모두 범죄자였다는 것. 둘째, 인간은 본래 비범한 자와 평범한 자 두 부류로 나뉘며 후자는 아무런 가치도 없는 물질적 존재에 불과하다는 것. 마지막으로 비범한 자들이 처음에는 평범한 자들에게 박해받는 한이 있어도 결국 시간이 지나면 칭송받는다는 점을 들고 있다. 필자는 이러한 핵심 근거들을 뒷받침하기 위해 여러 가지 역사적 사례들을 들며 설득력을 높이고 있다. 궁극적으로 필자는 유럽의 새로운 문명과 사상에서 소외된 러시아의 현실을 비판적으로 바라보며 실존주의적 관

점, 초인사상적 관점에서 새로운 사상들을 전파하고자 이 글을 쓰고 있다. 하지만 필자의 주장에는 부조리한 일면도 있다. 완벽한 인간은 없다는 점에서 비록 비범한 사람이라 할지라도 실수로 인류를 향한 대의와 상관없이 악행을 저지를 수 있다는 함축을 지니고 있기 때문이다.

비교적 긴 글은 세세한 근거들을 모두 쓰기보다는 중요한 핵심 근거들만 추려서 쓰는 것이 좋다. 글에 녹아있는 목적(배경)이나 맥락, 관점에 대해서는 지나치게 신경을 쓰지 않아도 좋다. 자신이 속한 전문 분야가 아니라면 목적과 맥락, 배경에 대해 모르는 것도 당연하다. 자신이 아는 만큼만 쓰거나 별도의 코멘트가 없다면 생략해도 무방하다.

※ 다음 제시문들을 읽고 분석표를 완성하고, 분석적 요약문을 작성하라.

1. 개고기 식용을 비난하는 것은 문화적 다양성을 부정한다는 점에서 서구 중심적 편견에 가깝다. 그런데 개고기 논란의 이면에는 개를 포함해 동물에게도 권리가 있다는 동물 권리론자들의 주장이 깔려 있다. 우리는 동물을 가혹하게 학대하는 것을 반대한다. 그러나 동물에게도 권리가 있다는 주장은 설득력이 없다.

　　동물 권리론자들은 동물도 인간과 마찬가지로 감각이 있을 뿐 아니라 뇌를 가진 창조물이기 때문에 권리가 있다고 주장한다. 흑인, 여성, 동성애자, 장애인 등이 권리를 주장하는 것과 마찬가지로 동물에게도 권리가 있다는 것이다. 따라서 동물을 실험 대상으로 삼는 일은 즉각 중단돼야 한다는 것이다. 이들은 "왜 동물에게만 임상 실험을 하고 인간에게는 하지 않는가?" 하고 묻는다. 동물만을 실험 대상으로 삼는 것은 '동물 차별'이라고까지 말한다. 동물 권리 옹호론자들의 이런 주장에는 몇 가지 문제가 있다.

　　첫째, 인간과 여타 동물 사이의 차이를 부정한다는 점이다. 물론 인간의 신체에서 나타나는 생물학적·생리학적 과정이 동물의 신체에도 그대로 나타난다. 하지만 인간과 동물 사이의 주된 차이는 인간은 용량이 크고 발달한 뇌를 갖고 있을 뿐 아니라, 이성을 가지고 있다는 것이다. 이성이야말로 도덕적 권리의 원천이다. 이성적 존재는 자신의 욕망을 반성할 수 있는 사유 구조를 구축할 수 있다. 이성적 존재들은 규칙들을 그저 따르기만 하는 것이 아니라 그 규칙의 옳고 그름을 판별할 수 있다. 개나 고양이는 자신의 욕구나 욕망에 대해 반성하지 않는다. 그들은 주인이 정한 규칙들에 대해 옳고 그름을 따지지 않는다. 동물 권리론자들은 그저 동물들이 감각적 존재라는 것만을 근거로 그들이 도덕적 권리를 가지고 있다고 주장하고 있다. 그들은 물론 감각을 가지고 있으며, 그들 나름의 이해관계를 가지고 있으며, 그들 역시 그들 삶의 주인공이다. 하지만 이러한 것이 인간과 여타 동물들의 본질적인 차이를 제거하는 것은 아니다. 또한 인간만이 노동을 통해 사회를 구성하고 사회적 문제를 해결해나간다. 일부 동물 권리론자들이 가지고 있는 자료는 이에 대한 반례로 받아들여지곤 한다. 즉, 가령 늑대 같은 동물들이, 그리고 침팬지 같은 동물들이 집단생활을 영위하며 그들 역시 사회적 문제를 인식하고 사회적 문제를 해결하려 노력하고 해결해나가고 있다고 말이다. 하지만 안타깝게도 그들의 사회는 역사를 가지고 있지 못하다. 인간의 사회는 변화하는 역사의 지평에서 이해될 수 있지만, 그들의 집단생활은 그저 반복되는 과거를 가질 뿐이다.

둘째, 동물 권리 옹호론자들이 '권리'라는 말을 쓸 때 드러나는 문제점이다. 역사에서 피억압자들(흑인, 여성, 동성애자, 장애인 등)은 스스로 자신의 권리를 쟁취하기 위해 억압에 반대해 싸웠다. 억압받는 사람들이 다른 누군가(백인, 남성, 이성애자, 비장애인 등)에 의해 권리를 보호받지는 않았다. 역사적으로 권리라는 단어는 정치적·사회적 투쟁의 맥락에서 쓰였다. 따라서 동물 권리 옹호론자들이 "고양이, 개, 원숭이는 권리를 갖고 있어"라고 말할 때, 그 권리는 동물의 권리를 말하는 것이 아니라 인간의 의무를 가리키는 말이다. 자연에서 고양이는 쥐의 권리를 인정하지 않으며, 매도 토끼의 권리를 용인하지 않는다. 쥐나 토끼도 자신의 권리를 주장하지 않는다. 또한 그들이 만약 어떤 권리를 지녔다면 그들은 역시 어떤 의무를 가져야 하는 것으로 보인다. 권리와 의무는 쌍둥이 개념이기 때문이다. 하지만 그들은 어떤 도덕적 의무도 지고 있지 않은 것처럼 보인다. 이런 점에서 볼 때, 동물 권리 옹호론자들이 말하는 '권리'란 사실은 동물을 존중해줘야 할 인간의 윤리적 의무를 뜻한다.

마지막으로 가치판단의 문제가 있다. 인류가 이룩한 과학 발전과 의학의 진보에도 불구하고 많은 치료약을 개발하기 위해서는 동물을 실험할 수밖에 없다. 앞으로도 이런 상황은 크게 바뀌지 않을 것이다. 물론 동물 옹호론자들은 일부 사례들을 통해 질병 치료를 위한 동물 실험이 불가피한 것이 아니라고 주장한다. 그들은 이럴 때 에이즈 동물 실험을 언급하곤 한다. 침팬지를 대상으로 한 에이즈 실험은 전혀 무가치한 것으로 증명되었다는 것이다. HIV(인간면역결핍바이러스)를 침팬지에게 투여해도 침팬지는 에이즈에 걸리지 않았던 것이다. 게다가 HIV의 사촌이라고 불리는 SIV(원숭이면역결핍바이러스)는 실제로 원숭이에게 면역결핍을 일으키지 않는다. 이것은 에이즈의 모순을 드러낸다. 즉, HIV는 바이러스가 아니며,

설령 바이러스라고 할지라도 인체에 무해한 바이러스인 것이다. 1993년 노벨 화학상을 받은 바 있는 케리 뮬리스, 리트로바이러스에 관한 한 세계 1인자로 손꼽히는 페터 듀스버그 박사 등은 에이즈가 과학적 사기이며, 제약회사의 이윤 창출을 극대화하기 위한 끔찍한 범죄라고 비판하고 있다. 물론 나 자신도 과학의 이름으로 행해지는 모든 것을 옹호할 생각은 추호도 없다. 병원과 제약회사들은 인간의 필요보다는 이윤을 위해 신약 개발을 하고, 질병 치료보다는 특허권 획득에 더 열을 올리고 있다. 하지만 그렇다고 해서 일부 동물 권리론자들의 주장처럼 모든 과학이 단순히 이데올로기인 것은 아니다. 아스피린과 페니실린 개발은 인류를 질병과 고통에서 해방시키는 데 큰 기여를 했다. 또한 많은 의약품과 의료 행위는 동물 실험 덕분에 인류의 질병을 치유하는 데 사용될 수 있었다. 당뇨병 같은 질병의 치료, 면역 지식, 장기 이식의 기초가 되는 면역 조치, 그 밖의 많은 예방 의약품이 동물 실험 덕분에 발전할 수 있었다. 이런 맥락에서 볼 때 과거뿐 아니라 현재에도 동물 실험 외에 달리 대안은 없어 보인다. 어떤 동물 권리 옹호론자들은 동물 실험 대신 조직 배양이나 박테리아를 사용하자고 제안한다. 하지만 예컨대 현대 산업사회의 질병이나 사망의 주된 이유가 되고 있는 정신분열증, 우울증, 불안, 신경성 질병, 뇌졸중 등을 연구하기 위해 뇌를 가진 동물을 실험하는 건 어쩔 수 없는 일 아닐까?

물론 나는 우리 인간이 다른 동물에 대해 의무를 지니고 있다는 점은 부인하지 않는다. 현대 자본주의가 우리가 살고 있는 환경에 대한 의무감을 철저하게 짓밟아버렸다는 비판에 반대할 생각도 전혀 없다. 사실 우리는 인간과 동물을 포함한 자연 사이에 조화로운 관계를 확립할 필요가 있다. 그런데 이것은 인간으로서 우리 자신의 필요 때문이지 동물의 권리라는 신비스러운 개념 때문이 아니다.

- 월간 『다함께』 2002년 8호, 「보신탕을 먹는 게 인종 차별이라구?」에서 발췌 및 수정

분석표

※ 전체 근거(세부적인 근거 포함)는 생략 가능. 간략하게 문단별로 핵심 근거만 정리하여 핵심 논증만 작성해도 좋음.

주장	
문제	
근거	

핵심 논증	
핵심 개념	
목적	
맥락	
관점 (이론적 관점)	
함축	

분석적 요약문

2.   표현의 자유와 그 한계

대한민국의 헌법에서 표현의 자유란 헌법 제21조 "1 모든 국민은 언론·출판의 자유와 집회·결사의 자유를 가진다. 2 언론·출판에 대한 허가나 검열과 집회·결사에 대한 허가는 인정되지 아니한다. 3 통신·방송의 시설기준과 신문의 기능을 보장하기 위하여 필요한 사항은 법률로 정한다"에서 보듯 개인들이 국가로부터 간섭받지 않고 자신의 생각을 표현하고 선전·전파할 수 있는 권리를 가리킨다. 한편 대한민국 헌법 제10조 "모든 국민은 인간으로서의 존엄과 가치를 가지며, 행복을 추구할 권리를 가진다. 국가는 개인이 가지는 불가침의 기본적 인권을 확인하고 이를 보장할 의무를 진다"는 모든 국민이 개인으로서 침해받지 않을 권리, 존엄성을 가지고 있으며 국가는 이것을 지켜줄 의무가 있다고 명시하고 있다.

만약 어떤 사람이 다른 사람에게 심각한 모욕과 비방을 일삼으며 이를 대량으로 SNS 등에 유포한다면 이것은 표현의 자유로서 보장되어야 하는가? 아니면 국가에 의해 규제되어야 하는가? 간단히 생각해보자면 자유라는 것이 무한대의 것일 수 없으며, 한 사람의 자유는 다른 사람의 권리를 침해하지 않는 범위까지만 인정되는 것이기에 이러한 것까지 표현의 자유로 포함시킬 이유는 없어 보인다. 하지만 만약 모욕받는 사람이 정치권력자라면 어떠할까? 가령 한 시사 만평가가 한 정치권력자를 만평을 통해 비방하고 모욕했다면? 자칫 이를 법적으로 규제한다면 민주주의에서 중요한 언론의 자유를 침해하는 것은 아닐까? 혹은 끔찍한 범죄를 저지른 범죄자를 디지털교도소를 통해 그 신상을 공개하고 얼굴과 거주지, 주소 등을 인터넷 공간에 박제한다면? 이것은 인권을 침해한 것이지만 공익적 목적이 더 크지 않을까? 성소수자들을 향한 혐오적 표현 또한 혹자들은 반대할 자유라는 명목으로 옹호하기도 한다. 표현의 자유의 한계, 범위를 어떻게 명확히 규정할 수 있을까?

사실 표현의 자유를 보장해야 하는 이유는 인간의 존엄성을 지키기 위해서다. 표현의 자유를 보장해야 하는 이유는 그것이 개인의 자아실현에 이바지하기 때문이다. 개인에게 표현 여부를 스스로 선택하지 못하게 하거나 타인의 표현을 접하지 못하게 하는 것은 개인의 자아실현을 방해한다. 사람은 스스로 자신의 삶을 계획하고 실현할 수 있는 자아실현적 존재다. 그 누구도 한 사람이 자신의 개성대로 자신을 실현하는 것을 방해해서는 안 된다. 그것은 바로 인간 존엄성을 해치는 것이다. 만약 내가 아무리 시답잖은 말이라고 해도 그것을 말하는 것이 억압당한다면 이는 발화자가 일종의 경멸을 당하는 것과 같다. 이는 표현의 주체를 차별하는 것이며 발화자가 마땅히 누려야 할 인간 존엄성이 짓밟힌 것이다.

하지만 언어 표현에는 발화자만 있는 것이 아니다. 그 표현이 향하는 대상, 혹은 청자 또한 존재하기 마련이다. 만약 누군가의 표현의 자유가 보장되어 그 발화자의 존엄성은 지켜졌지만 그 말을 듣게 된 청자의 존엄성은 침해된다면 어떻게 되겠는가? 가령 남성 A가 여성 B에게 여성을 비하하는 발언을 했다고 하자. 혹은 언론인 A가 정치인 B의 사생활을 폭로하여 B의 명예를 훼손했다고 해보자. 이는 발화자가 청자의 인간 존엄성을 침해한 경우가 될 것이다. 이럴 경우 발화자의 인간 존엄성을 위해 표현의 자유를 인정해야 할까, 아니면 청자의 인간 존엄성을 위해 표현의 자유를 제한해야 할까?

첫째, 한 표현이 공익을 침해하는 경우에는 표현의 자유를 통해 보장받는 발화자의 인간 존엄성을 더욱 중하게 여기면서 표현의 자유에 한계를 두어야 한다. 여기서 공익의 침해라 함은 공중도덕이나 사회윤리 등을 일컫는데, 헌법 제21조 4항이 표현의 자유의 한계를 지적할 때 "타인의 명예와 권리"에 대해서는 피해 배상 청구를 인정하고 있으나 "공중도덕이나 사회윤리"에 대해서는 그 법적 효과에 대한 구체적인 언급을 피하고 있기 때문이다. 또한 지금은 광범위하게 받아들여지고 있는 많은 참된 명제들이 과거에는 공중도덕이나 사회 질서를 어지럽히는 궤변으로 취급받아 금기시되었다는 점 또한 이러한 주장의 근거가 된다. 지동설이나 여성, 흑인의 평등권에 대한 주장들은 처음에는 공익을 해치는 표현들로 박해를 받았다.

둘째, 한 표현이 타인의 명예나 권리를 침해하는 경우에는 발화자의 인간 존엄성과 청자의 인간 존엄성을 동일하게 중시하면서 어느 존엄성이 더 큰 손상을 입게 될지 비교 판단하여 결정해야 한다. 왜냐하면 발화자가 지니는 인간의 존엄성과 청자가 지니는 존엄성(명예와 권리)은 둘 다 동일하게 중요하기 때문에 각각의 사안에 따라 개별적으로 비교 판단해야 한다.

과거 군사독재, 권위주의 정부 시절에는 국가에 의한 검열로 표현의 자유가 억압되었으나 지금의 한국은 표현의 자유가 비교적 폭넓게 보장받고 있다. 하지만 그럼에도 불구하고 표현의 자유를 둘러싼 갈등이 끊이지 않고 있다. 인간이 마땅히 지녀야 할 존엄성은 표현의 자유가 보장될 때 비로소 보장된다. 여기서 중요한 것은 표현의 발화자, 표현의 청자 모두의 존엄성이다. 따라서 공중도덕이나 사회 윤리 등 인간 존엄성에 대한 직접적인 침해 소지가 적은 경우에는 표현의 자유를 최대한 보장하되 타인의 명예와 권리의 침해 소지가 있는 표현의 경우에는 발화 자와 청자 양측을 비교 형량하여 각각을 개별적으로 판단해 인간 존엄성이 최대 한 지켜지도록 노력해야 할 것이다.

- 강승식, 「표현의 자유와 인간 존엄성의 관계」에서 발췌 및 수정

분석표

주장	
문제	
근거	

핵심 논증	
핵심 개념	
목적	
맥락	
관점 (이론적 관점)	
함축	

분석적 요약문

3. 내가 반려 아닌 '애완동물'을 주장하는 이유

지금까지 「동그람이」에 원고를 보낼 때 나는 꼬박꼬박 '애완동물'이라고 써 보냈는데, 편집진은 그때마다 꼬박꼬박 '반려동물'이라고 고쳤다. 실제 공개된 칼럼에는 '반려동물'이라고 나오지만 내 의도는 전혀 아니다. 그래서 이번 칼럼에는 왜 '반려동물'이 아니라 '애완동물'이라고 불러야 하는지 말하겠다.

애완동물의 사전적 의미

표준국어대사전에 따르면 애완동물은 "좋아하여 가까이 두고 귀여워하며 기르는 동물"이라는 뜻이다. '애완'의 '완(玩)'은 장난감을 뜻하는데, 애완동물은 우리가 장난감을 대하듯이 일방적인 소유 관계를 뜻한다.

이에 견주어 반려동물은 사전에서 "사람이 정서적으로 의지하고자 가까이 두고 기르는 동물"이라고 풀이하는 데서 알 수 있듯 동물을 인간과 대등한 존재로 보는 시각이 담겨 있다. 우리가 남편이나 아내를 인생의 '반려자'라고 부르듯이 동물을 우리와 대등하게 함께 살아가는 존재라고 생각하는 것이다.

국어사전 풀이처럼 애완동물은 인간의 동물에 대한 일방적인 관계를 나타낸다. 실제로 동물뿐만 아니라 물품도 애완의 대상이다. 우리 법은 동물을 그런 식으로 다루고 있기는 하다. 우리나라 민법은 애완동물을 포함해 동물을 동산에 해당하는 물건으로 취급하고(제99조 제2항), 형법에서 동물은 재물에 해당하여 다른 사람의 동물을 학대하면 재물손괴죄(제366조)가 성립한다.

그렇지만 애완동물이라고 부른다고 해서 장난감을 다루듯이 필요하면 사고 싫증 나면 버리는 관계라고 생각하지는 않는다. 많은 사람은 동물에 대해 무엇인가 생명이 있는 대상으로 생각하기 때문에 단순한 물건 이상으로 여긴다. 아마 인간과 애완동물의 관계는 보호자-피보호자 관계가 정확할 것 같다. 어른이 어린이를 보호하듯이 주인은 동물을 보호한다고 생각하는 것이다. 부모가 자식의 친권이 있다고 해서 어린이의 권리를 무시하거나 학대해서는 안 되듯이 애완동물의 주인이라고 해서 동물의 권리를 무시하고 함부로 해서는 안 된다고 생각한다. 우리의 법은 이런 생각을 반영해서 수정해야 한다.

'반려'라 하면 안 된다고 생각하는 이유

그러나 '반려동물'이라고 할 때는 애완동물을 단순히 보호자-피보호자 관계

이상으로 보는 생각이 반영되어 있다. 반려자처럼 가족으로 생각한다. 동물을 '기른다'라고 하지 않고 '함께 산다'고 말한다. '반려동물'이라는 말이 미국에서 '흑인'을 '아프리카계 미국인'이라고 부르듯이 정치적으로 올바른 표현으로 의도된 것이라고 하면 문제는 안 된다.

하지만 나는 그 말은 인간과 동물의 관계를 정확하게 반영하지 못한다고 생각한다. 몇 가지 이유가 있는데, 이번 칼럼에서는 몇 년 전에 꽤 유명한 남초 사이트에서 논란이 된 게시물을 가지고 이야기해보려 한다.

어떤 사람이 "모르는 사람과 내 개가 같이 물에 빠졌을 때 개를 구하겠다"는 말을 듣고 충격을 받았다는 글을 쓰자, 거기에 대해 "나도 개부터 구하겠다"와 "충격이다"라는 댓글이 무수히 붙어 싸움이 난 적이 있었다.

아마 이 글을 읽는 반려인 중에도 '나도 개부터 구하겠다'는 생각을 하는 사람이 많을 것 같다. 그런데 내가 묻는 것은 실제로 어떤 행동을 하겠느냐는 것이 아니라 어떤 행동이 도덕적으로 옳으냐는 것이다. 우리는 친숙함에 의한 감정이나 본능을 가지고 있지만, 그런 감정이나 본능에 기초한 판단이 꼭 도덕적인 것은 아니다. 나와 가까운 친척, 고향 사람, 인종에 친근감을 느끼는 것은 자연스러운 감정이지만 그것에 끌려 어떤 결정을 내릴 때는 연고주의나 정실주의라고 비난받는다.

그렇다면 친근감이라는 자연적 감정을 배제하고 '이성적으로' 모르는 사람과 내 개 중 누구를 구해야 '도덕적'인지 생각해보자. 동물윤리학자 중 동물의 침해할 수 없는 권리를 가장 강력하게 인정하는 톰 리건마저 정원을 초과한 구명정 상황에서 사람을 구하기 위해서는 개를 버려야 한다고 주장한다. 설령 그때 사람은 네 명에 불과하고 개는 100만 마리라고 해도 마찬가지라고 말한다. 개가 침해할 수 없는 권리를 가지고 있는 것은 분명하지만, 그 권리는 인간의 권리와 견줄 수 없다고 생각하기 때문이다.

상황을 약간 바꿔 이번에는 입양아와 애완동물 중에서 한쪽만 치료해야 한다면 누구를 먼저 치료할 것인지 자문해보자. 아마 반려인이라고 하더라도 입양아와 애완동물 중에서 그래도 입양아를 먼저 치료해야 한다고 생각할 것이고, 모르는 사람과 애완동물 중 마음은 애완동물에 끌리더라도 사람을 먼저 구해야 한다고 생각할 것이다. 그 반대로 행동할 때 사람들은 도덕적인 비난을 할 것이고, 반려인도 그런 비난을 의식할 것이다. 사람들의 비난이 꼭 옳다는 것은 아니다. 사람들의 도덕적 직관이 그렇다는 것이다. 그리고 이성적인 도덕 판단도 그런 식으로 결론이 나온다.

  이런 직관과 도덕적 추론을 종합해볼 때 반려동물이라고 부르는 것은 적절치 못하다. 우리는 물에 빠진 사람이나 치료를 받아야 하는 사람이 반려인이라면 그런 식으로 행동하지 않기 때문이다. 반려의 대상이라면 그에 걸맞은 대우를 해줘야 하는데 그렇지 못하는 것이다. 따라서 '반려'는 동물에 적절한 용어가 아니다.

– 최훈, 「〔애니칼럼〕 내가 반려 아닌 '애완동물'을 주장하는 이유」 중에서

분석표

주장	
문제	
근거	

핵심 논증	
핵심 개념	
목적	
맥락	
관점 (이론적 관점)	
함축	

2부

읽고 평가하기

1장
명확성, 중요성, 명료성 평가하기

비판적 사고가 담긴 논증적 글을 분석하는 것은 그 자체로 사고력과 표현력을 개발하는 훌륭한 방책이다. 하지만 글을 분석하고 요약하는 것은 상대의 사고를 제대로 이해하고, 더 나아가 적극적으로 숨겨진 의미까지 깊이 파악하고 그것에 대해 비판적인 견해를 형성하기 위함이다.

이 장에서는 앞서 살펴본 분석 요소 중 주장, 문제, 개념에 대한 비판적 평가를 배운다. 좋은 생각(글)은 마치 건강과 마찬가지로 객관적인 조건들을 가진다. 우리가 아무리 건강하다고 느껴도 전문의가 결석을 발견하거나 암을 발견한다면 그러한 주관적 평가가 무의미한 것과 같은 이치다. 본인이 쓴 글은 대개 나무랄 데 없이 좋아 보인다. 하지만 글을 잘 쓰기 위해서는 좋은 글과 나쁜 글의 객관적 평가 기준을 알고, 그 기준을 그대로 자신의 글에 적용할 수 있어야 한다.

분석 요소	평가 항목
주장	주장의 명확성: 주장이 얼마나 명확한가?
문제	문제의 중요성: 다루고 있는 문제(논쟁)가 얼마나 중요한가?
개념	개념의 명료성: 글에 사용된 개념들(혹은 핵심 개념들)이 얼마나 애매모호하지 않고 명료한가?

1) 주장의 명확성

다음과 같은 주장을 생각해보자.

"내일은 비가 오거나 비가 오지 않을 것이다."

이 주장의 가장 큰 문제점은 역설적이게도 이 주장이 틀릴 수 없다는 것이다. 틀릴 수 없는 주장이 무엇이 문제란 말인가? 안타깝게도 우리는 유의미하면서도 결코 틀릴 수 없는 주장을 할 수 없다. "내일은 비가 오거나 비가 오지 않는다"는 주장은 결코 틀릴 수 없는 주장이지만, 유의미한 주장은 아닌 셈이다. 이러한 주장은 비가 와도 맞고, 비가 오지 않아도(눈이 오거나 모래폭풍이 불어도) 맞기 때문에 결국 아무것도 주장하지 못한다. 친구에게 내일 날씨를 물었을 때, 이래도 맞고 저래도 맞는 날씨 예측을 듣는다면 우리는 그가 아무런 예측도 하지 않았다고 판단해야 한다.

한편, "내일 동쪽으로 가면 귀인을 만날 것이다" 같은 주장은 어떠한가? 이것 역시 무엇을 주장하는 것인지 도무지 알 수 없다. 동쪽으로 얼마나 가야 하는지, 귀인은 무엇을 의미하는지. 우리는 귀에 걸면 귀걸이 코에 걸면 코걸이 식의 무당 예언을 의미 있는 주장으로 생각할 수 없다.

따라서 주장은 불분명하고 항상 참인 것처럼 보이는 것보다 분명하게 틀린 주장이 더 낫다. 다시 말하자면 주장의 갖는 가치는 그것이 논박에 면역되어 있거나 논박하기 힘든 애매(ambiguous) 모호(vague)한 형태를 가짐으로써 올라가는 것이 결코 아니다. 오히려 분명하게 맞고 틀리는 조건이 주어지는 주장이 더 가치 있다. 우리는 이러한 주장을 '명확한 주장'이라고 평가한다.

> **주장의 명확성**
>
> 하나의 주장이 가지는 옳음 조건이 얼마나 명확한가에 대한 평가
> - 주장에 사용되는 용어의 의미를 명확하게 정의하고, 일관성 있게 사용해야 한다.

- 모호하거나 여러 가지 의미로 해석될 수 있는 단어는 피하고, 가능하면 구체적인 용어를 사용해야 한다.
- 복잡하고 긴 문장은 이해를 어렵게 만들고 주장의 명확성을 흐릴 수 있다.
- 주장을 통해 최종적으로 무엇을 말하고자 하는지 명확하게 제시해야 한다.

예시 **다음의 주장들을 읽고 명확성을 평가하라.**

1. 지금 시행되고 있는 정부의 저출산 정책은 효과가 없다.

→ 효과가 없다는 것이 핵심 주장이다. 하지만 "효과가 전혀 없다"는 것인지 "목표로 했던 만큼의 효과에 부족하다"는 것인지, 얼마나 어떻게 효과가 없다는 것인지 가늠하기 어렵다. 이러한 주장은 흔히 보이지만, 정교한 글에서는 이러한 주장을 펼치지 말아야 한다.

2. 많은 사람이 비판적 사고 교육을 좋아한다.

→ "많은 사람"이라는 표현은 모호하다. 학술적인 글이라면 이런 식의 모호한 표현은 주장에서 금기시된다. 구체적인 수치를 통해, 가령 "한국 대학생의 70%"가 비판적 사고 교육을 좋아한다는 주장을 펼치는 것이 더욱 명확한 주장이다.

3. 요즘 것들은 버릇이 없다.

→ "요즘", "것들", "버릇" 모두 불분명한 표현들이다. 구체적으로 무엇을 주장하는 것인지 가늠하기 어렵다. 열 사람이 위의 주장을 읽는다면 열 사람 모두 다른 생각을 떠올리지 않을까?

연습문제

※ **다음 글을 읽고 분석을 완성하고, 주장의 명확성에 대해 평가하라.**

… 일본은 '오모테나시(극진한 환대)'를 강조하는 국가로, 실무 관리급에서 자체 판단으로 외교적 결례를 범하는 경우는 드물다. 따라서 이번 사건은 상부의 지시에 따른 의도적인 행위로 해석해야 할 것이다. 최근 일본은 아베 총리를 비롯하여 관료, 집권당 차원에서 한국에 대한 비판 수위를 높이고 있다. 아베 총리는 오사카 G20 정상회의에서 문재인 대통령과의 회담을 거부했으며, 일본 정부와 언론은 "한국에 수출된 전략물자가 북한 등으로 밀반출될 가능성"을 제기하며 한국에 대한 불신감을 조성하고 있다. 일본은 최근 아베 총리뿐 아니라 관료, 집권당이 뭉쳐서 한국을 공격하고 있다. 일본 정부와 언론은 확실한 근거도 없이 "한국에 수출된 전략물자가 북한 등으로 밀반출될 가능성"을 제기하고 있다. 한국에 대한 불신감을 키워 이를 경제 보복의 명분으로 삼으려는 것이다. 감정적인 대응은 일본의 의도에 말려드는 결과를 초래할 수 있다. 따라서 냉정하고 차분하게 대처해야 하며, 여당과 야당이 머리를 맞대고 현명하게 대처해야 한다. 지혜롭게 대처한다면 위기는 새로운 기회가 될 수 있다.

주장:

주장의 명확성:

2) 문제의 중요성

문제는 중요해야 한다. 물론 다른 가치들도 중요하다. 가령, 문제의 참신성(독창성), 혹은 문제의 적절성 등. 하지만 가장 신경 써야 하는 것은 문제의 중요성이다. 아무리 논리적으로 훌륭하고 정보가 사실적인 글도 정작 그 주제가 아주 사소한 사안이거나 뻔한 주장을 지니고 있다면 결코 좋은 글이 될 수 없다. 우리는 그러한 글을 읽었을 때 시간을 낭비한 느낌을 받을 수밖에 없다. 독자의 소중한 시간을 빼앗는 식으로 글을 쓰면 안 된다.

그래서 논증적인 글은 다루고 있는 문제가 중요해야 독자들의 공감과 호응, 더 나아가 주장을 독자들에게 설득력 있게 전달할 수 있다. 중요한 현안 문제(problem to solve)란 많은 사람에게 심각하게 받아들여지는 해결 가능한 문제라고 짧게 말할 수 있다. 아래는 문제의 중요성에 대한 구체적인 판단 기준들이다.

판단 기준	내용
영향 범위	문제가 얼마나 많은 사람에게 영향을 미치는가? **예** 청년 실업 문제는 청년층뿐만 아니라 사회 전반의 경제 활력과 미래에 영향을 미치기 때문에 중요한 현안 문제
심각성	문제로 인해 발생하는 피해의 정도는 어떠한가? **예** 기후변화 문제는 지구온난화, 해수면 상승, 극심한 기상 현상 등 심각한 결과를 초래할 수 있으므로 중요한 현안 문제
시급성	문제해결이 얼마나 시급한가? **예** 전염병 확산 문제는 이른 시간 안에 통제하지 않으면 대규모 피해로 이어질 수 있으므로 시급성이 매우 높은 현안 문제
사회적 관심도	문제해결을 요구하는 목소리가 얼마나 큰가?
해결 가능성	문제해결을 위한 현실적인 방안이 존재하는가?

현안 문제의 중요성 개념은 상대적이다. 시대적 상황, 사회적 가치, 개인의 관점에 따라 중요하다고 판단되는 문제가 달라질 수 있다. 따라서 다양한 관점에서

문제를 분석하고, 사회적 합의를 통해 중요성을 판단하는 것이 필요하다. 하지만 오로지 개인적인 취향이나 관심사에 따른 중요성은 현안 문제의 중요성에서 피해야 한다. 어디까지나 공적·사회적 맥락에서의 중요성을 고려해야 한다.

예시 닭 뼈에는 골수가 있어 뼈 근처의 살은 더욱 깊은 풍미를 느낄 수 있다. 닭 특유의 맛을 제대로 느끼고 싶다면 뼈 치킨이 좋은 선택이 될 것이다. 또한 뼈 치킨은 다리나 날개 등 다양한 부위를 맛볼 수 있다는 장점이 있다. 한편 뼈 없는 치킨은 한입에 쏙쏙 넣어 먹기 편리하다. 특히 어린이나 노약자, 또는 야외에서 먹을 때 유용하다. 하지만 우리는 노약자나 어린이가 아니다. 또 요즘 같은 고물가 불경기에는 가격 요소가 가장 중요하다. 뼈 없는 치킨은 퍽퍽한 살로 만들면서도 뼈 치킨보다 1,000~2,000원가량 더 비싸다. 따라서 우리는 오늘 밤 뼈 치킨을 시켜 먹어야 한다.

중요성 개인적이고 사소한 문제는 중요한 문제로 볼 수 없다. 뼈 있는 치킨과 뼈 없는 치킨 중 무엇을 배달시켜야 하는가의 논의는 결코 공적인 글의 주제가 될 수 없다. 설령, 주장을 좀 더 공적으로 "뼈 있는 치킨과 뼈 없는 치킨 소비 중 무엇이 더 합리적인가?"라고 바꿔도 마찬가지다. 첫째, 맛이라는 취미 판단은 논쟁적일 수 없다. 어디까지나 주관적인 영역이다. 둘째, 설령 다른 객관적인 요소(가령, 영양 분석 등)로 둘 사이의 우열을 가리고자 해도 이 문제의 심각성, 시급성, 관심도 등은 높지 않다. 따라서 중요한 문제가 아니다.

예시 무한한 공짜 에너지는 인류의 오랜 꿈이자 염원이다. 에너지를 둘러싼 국제사회의 분쟁과 부자와 빈자 사이의 갈등은 우리를 병들게 한다. 무한한 공짜 에너지는 열역학 법칙과 에너지 보존법칙을 넘어서는 극도로 발전한 과학기술에 의해 얻어질 수 있다. 따라서 우리는 이러한 과학기술 연구에 정책적인 지원을 아끼지 말아야 한다.

중요성 에너지 문제는 중요한 문제라고 볼 수 있다. 하지만 "무한한 공짜 에너지를 어떻게 하면 얻을 수 있는가?"라는 문제는 중요하지 않다. 왜냐하면 해결 가능성이 없기 때문이다. 사람들은 해결 가능한 문제들에 관심을 가진다. 시간과 자원이 한정된 상황에서 해결될 가능성이 없거나 매우 희박한 문제는 그것이 해결되었을 때 얼마나 큰 이득을 주는가와 상관없이 정열의 낭비이기 때문이다.

3) 개념의 명료성

"우리나라 중산층은 지난 1년간 소폭이나마 증가한 것으로 나타났다. …" 이러한 신문기사를 볼 때면 우리는 여러 가지 의구심이 든다. "경기가 이렇게 나쁜데 중산층이 늘었다고? 내 주변에는 본인이 중산층이라고 생각하는 사람들이 거의 없는데?" 과연 '중산층'이라는 개념은 무엇을 의미하는 것일까? 우리는 혹시 신문기사에 나온 중산층 개념과 다른 개념을 머릿속에 가지고 있기에 신문기사를 못 믿는 것은 아닐까?

개념의 명료성이란 어떤 개념이 얼마나 명확하고 정확하게 정의되어 있는지, 그리고 그 개념이 다른 개념들과 얼마나 잘 구별되는지를 의미한다. 즉, 개념의 의미가 애매하거나 모호하지 않은지 평가하는 것이 명료성의 평가다. 위에 제시된 '중산층' 개념은 명료성이 부족한 대표적인 사례다. 왜냐하면 '중산층'을 정의하는 기준이 사람마다, 사회마다, 시대마다 다르기 때문이다. 신문기자는 단지 중위소득의 50~150%에 해당하는 가구를 중산층의 정의라고 생각했을 수 있다. 하지만 일부 독자들은 직업, 교육 수준, 사회적 지위, 혹은 특정 생활 방식 등을 기준으로 한 중산층 개념을 가지고 있을 수 있다. 이렇게 되면 하나의 개념이 여러 다른 뜻으로 혼용된다.

명료성을 높이기 위한 팁

구체적인 기준 제시	가령, 중산층을 정의할 때 소득, 자산, 직업 등 구체적인 기준 명시
맥락 명시	가령, 어떤 사회, 어떤 시대의 중산층을 이야기하는지 맥락을 명확히 제시

은밀한 재정의 금지	하나의 개념을 글의 흐름에 따라 변화시키는 것은 금지. 하나의 개념은 하나의 글에서 반드시 일관되게 사용해야 함. 혹은 일반적인 (상식적인) 개념의 정의를 사용하는 척하면서 실제로는 다른 정의를 사용하지 말 것

예시 그 둘은 서로 사랑하지 않았던 것이 분명하다. 왜냐하면 두 사람이 서로 진정으로 사랑했다면 어떤 시련도 이겨냈을 것이다. 하지만 두 사람은 시련을 이겨내지 못하고 결국 헤어졌다. 따라서 둘은 서로 사랑했던 것이 아니다.

주장: 그 둘은 서로 사랑하지 않았다.
근거: 1. 만약 서로 진정 사랑한다면 어떤 시련도 이겨낸다.
    2. 둘은 시련을 이겨내지 못했다.
핵심 개념: 사랑

위 논증의 핵심 개념은 '사랑'이다. 근거와 주장은 완벽하게 타당하다. 즉, 전제들이 모두 참이라면 주장은 부정될 수조차 없다. 하지만 우리는 이 논증에서 1번 근거가 매우 이상하다는 것을 쉽게 알 수 있다. 사랑했지만 헤어지는 경우는 얼마든지 있다. 그것이 우리가 '사랑'에 대해 가지는 일반적인 상식이다. 이러한 상식이 무조건 옳다는 것은 아니다. 다만 비판적 사고의 측면에서 보자면 "진정한 사랑은 어떤 시련도 이겨내는 것이다"라고 자신만의 임의적 정의를 가진다 해도 이것을 은근슬쩍 논증에 포함해서는 안 된다. 그것은 명시적으로 입증·논증되어야 하는 자신만의 정의(definition)다. 따라서 위 논증 예시는 핵심 개념 '사랑'이 명료하지 않은 경우다.

예시 모든 사람은 죄인이다. 죄를 지은 사람은 감옥에 가야 한다. 따라서 우리 모두는 감옥에 가야 한다.

1. 모든 사람은 죄인이다. ────────→ 죄: 도덕적 죄(sin)
2. 죄를 지은 사람은 감옥에 가야 한다. ────→ 죄: 실정법 위반(crime)

위 논증은 '죄'라는 개념이 명료하지 않게 사용되었다. 형식적으로는 타당한 논증이지만, 1번 근거에서 사용된 '죄'와 2번 근거에서 사용된 '죄'의 의미는 서로 다르다. 개념을 명료하게 사용하지 않고 논증의 흐름에 따라 은밀하게 개념 정의를 바꾸어 사용한 사례다. 이러한 논증은 결코 좋은 논증이 될 수 없다.

예시 모든 행위는 이기적이다. 설령 타인을 위해 자신의 목숨을 바치는 경우라 해도 이기적이다. 왜냐하면 그것 역시 본인이 그렇게 하고 싶어서 한 것이기 때문이다.

위 논증의 문제점 역시 '이기적'이라는 개념을 명료하게 사용하지 않은 것이다. 우리는 보통 생면부지 타인을 구하기 위해 자신의 목숨까지 희생한 사람들의 행위를 이타적인 행위로 간주한다. 그리고 자신의 이익을 위해 타인의 권리를 의도적으로 침해하는 것을 이기적이라고 본다. 위 논증은 이른바 '심리적 이기주의'라고 불리는 이론적 관점에서 정의 내리는 '이기성'을 사용하고 있다. '심리적 이기주의'는 모든 행동을 이기적으로 볼 수 있다. 하지만 이러한 개념 사용은 결코 일상적이거나 건전하지 못하다.

※ 다음을 읽고 분석한 뒤 명확성, 중요성, 명료성을 평가하라.

1. 제가 암시한 것은 다만 비범한 사람은 권리를 가졌는데, 그 권리란 공적인 권리가 아니고 자기 양심을 뛰어넘어 어떤 장애를 넘어설 수 있다는 것을 말하는 것입니다. 다만 그것은 사상, 더구나 그 사상이 온 인류를 위한 구체적인 의의로서 요청될 때, 바로 그때에 한해서만 그 사상의 실천이 허용됩니다.

인류 역사상 건설자나 입법자를 보면 예부터 지금까지 리쿠르고스, 솔로몬, 모하메드, 나폴레옹 같은 사람은 모두 하나같이 새 법률을 반포하고 그 법률에 의해 종래 사회가 신봉해오던 구법을 파괴한 그 하나만으로도 범죄자인 것입니다. 그들은 자기를 위해 피를 흘리지 않으면 안 될 경우에 처하면 조금도 주저 않고 피를 흘리게 했습니다. 이렇게 보면 이제까지의 인류를 위한 건설자나 은인들은 모두 도살자들입니다. 이건 중요한 일입니다. 정도의 차이는 있지만 사람은 누구를 막론하고 위대한 점이 있거나 남보다 조금이라도 뛰어난 점이 있는 사람이라면, 아니, 좀 색다른 말이라도 할 줄 아는 사람이라면 누구든지 자기가 타고난 그 천성 때문에 범죄자가 되지 않을 수 없는 것입니다.

좀 더 자세히 분석해서 말씀드리면, 사람이란 자연법칙에 의해 대개 두 가지 유형으로 분류할 수 있는데, 자기 자신과 같은 인간을 번식시키는 것 외에는 아무런 능력도 갖지 못한 저급한 인간, 즉 평범한 사람, 한마디로 말해 다만 물질에 지나지 않는 사람과 순수한 인간으로서 자신이 지닌 새로운 언어를 구사할 줄 아는 천분을 가진 사람들, 이렇게 둘로 나눌 수 있습니다. 더 세밀히 구분하면 끝이 없겠지만, 이 두 유형의 경계선은 매우 명확합니다. 제1유형, 즉 물질적인 부류는 대개 보수적이고 질서적이며 복종 생활을 영위할 뿐 아니라 오히려 복종적인 일을 달게 받아들이는 사람들입니다. 제 생각으로는 그들은 복종적이어야 할 의무를 지니고 있습니다. 그것이 그들의 천직이니까요. 틀림없이 그들은 그러한 생활이 조금도 불만스럽지 않을 것입니다.

이와 반대로 제2유형은 거의 법을 초월하는 사람들로서 스스로 가진 능력에 따라 파괴자나 그렇지 않으면 그런 경향을 갖게 마련입니다. 이들의 범죄는 상대적이며 여러 가지가 있겠지만, 어쨌든 그들의 대부분은 어떤 목적을 세워놓고 그 밑에서 현존하는 기존 질서를 파괴하려고 애씁니다. 만일 자기네들의 사상을 실현하기 위해 피를 보지 않으면 안 될 경우에 아마도 그들의 양심은 그 행동을 하도록 도와줄 것입니다. 물론 이것은 사상의 정도나 규모에 따라 차이가 있겠지요. 하지만 대중은 그들에게 그러한 권리가 있다는 것을 결코 인정하려 들지 않을 것입니다. 오히려 그들을 처벌하고 교살하기를 주저하지 않을 것이지요. 정도의 차이는 있겠지만 그렇게 함으로써 그들은 자기네들의 질서를 지킬 수 있을 것입니다. 그러나 다음 세대가 오면 그들 대중은 자기네들이 교살했던 범죄자들에 대해 기념비를 세우고 높은 단 위에 모셔놓고 배례를 함으로써 자기네들의 기존 질서로 삼을 것입니다.

- 도스토옙스키, 『죄와 벌』 중에서

분석

주장:
문제:
핵심 개념:

평가

주장의 명확성:

문제의 중요성:

개념의 명료성:

2. 모든 사람은 법 앞에 평등해야 한다. 그런데 과연 우리 사회는 모든 사람이 법 앞에 평등하다고 할 수 있는가? 법 앞에 평등하다면 동일한 범죄에 대해 동일한 고통을 받아야 한다. 하지만 우리 사회는 그러한가? 똑같이 교통신호를 위반했어도 누구는 극심한 고통을 처벌받고, 누구는 아주 가벼운 고통을 처벌받는다. 왜냐하면 10만 원의 벌금은 수천억의 재산을 가진 사람에게는 솜사탕보다 가벼운 금액이지만, 가난한 사람들에게는 생필품을 줄여야 할 만큼 고통스러운 금액이기 때문이다. 우리 사회는 모든 사람이 법 앞에 평등한 사회가 결코 아니다.

분석

주장:

문제:

핵심 개념:

주장의 명확성:
문제의 중요성:
개념의 명료성:

2장
타당성과 수용 가능성 평가하기

    비판적 사고가 담긴 글에는 항상 논증이 포함되어 있다. 하나의 논증적 글이 성공적인지 아닌지는 매우 다양한 평가 항목들에 달려 있다. 하지만 가장 핵심이 되는, 혹은 가장 기본적인 것이 바로 논증의 타당성과 건전성이다. 논증의 '타당성'은 전제-귀결 관계에 대한 질문에 답하는 것이다. 쉽게 말하자면 근거들과 주장 사이의 관계에 대한 질문에 답하는 것이 타당성 평가다. 마치 영희와 철수의 관계에 대한 질문에 좋은지/나쁜지 대답할 수 있는 것처럼, 우리는 타당성을 통해 근거와 주장 사이의 관계에 대해 질문하고 답할 수 있다.

    수용 가능성이라는 것은 근거들이 얼마나 신뢰할 수 있을 만한 것인지에 대한 평가적 개념이다. 즉, 수용 가능성을 평가하는 데 있어서 논증의 주장을 건드리지 말아야 한다. 오직 논증의 근거들 각각에 대해 적용되는 개념이 '수용 가능성'이다.

    많은 사람이 타당성과 수용 가능성을 혼동하여 구분하지 못하는 경향이 있다. 우리가 비판적 사고와 글쓰기에서 아마추어의 입장에 머무르고 싶다면 이 두 개념을 대충 이해하고 섞어서 사용해도 무방하다. 하지만 전문적으로 사고의 정교함과 글의 정밀함을 발전시키고 싶다면 이 두 개념은 반드시 구분하여 사용할 수 있어야 하며, 평가에 적용하여 빠르게 결과를 산출할 수 있어야 한다. 왜냐하면, 타당성과 수용 가능성이야말로 논증이 얼마나 성공적인지 아닌지 가늠하는 기초 평가이자 좋은 글이 되기 위한 1차 관문이기 때문이다.

평가 요소	평가 항목
타당성	근거들이 참일 때 주장이 얼마나 예외 없이 도출되는가? 근거와 주장 사이의 관계에 대한 평가
수용 가능성	근거들 각각이 얼마나 사실에 부합하는가? 혹은 합리적 관점에서 수용 가능한가?

1) 타당성

타당성을 평가한다는 것은 근거가 모두 참일 때 주장이 얼마나 강하게 지지받는지 따져보는 것이다. 어떤 논증은 매우 강한 지지 관계를 가지고 있으며, 어떤 논증은 약한 지지 관계를 가지고, 또 어떤 논증은 전혀 지지 관계를 형성하고 있지 않은 채 '실패한 논증'에 머무를 뿐이다. 그래서 논증의 타당성은 정도의 차이를 가진다.

비판적 사고에서 말하는 타당성은 국어사전에 말하는 타당성과 의미가 다르다.

국어사전적 의미

명사)

1. 사물의 이치에 맞는 옳은 성질
2. 어떤 판단이 가치가 있다고 인식되는 일. 곧 어떤 판단이 진실인 경우에 그 판단은 타당성이 있다고 한다(네이버 국어사전).

사전적 의미에서 타당성은 어떤 판단이 진실한 것으로 보일 때 두루 사용될 수 있는 표현이다. 가령 우리는 "그의 말은 타당성이 있어" 혹은 "우리 마을에 발전소를 건설하자는 주장은 타당하다" 등 많은 경우에 특별한 제한 없이 어떤 논증, 하나의 문장, 근거나 주장 각각에 대해 그것의 진실함, 개연성이나 논리성을 평가할 때 사용된다. 하지만 우리가 비판적 사고(혹은 비판적 사고가 담긴 글이나 말)에 대해 평가할 때 타당성을 검토한다는 것은 이보다 훨씬 엄밀하고 좁은 의미를 가진다.

우리가 학습해야 하는 타당성을 검토하는 방식은 아래의 것, 오직 아래의 방식만을 의미한다는 점을 명심하자.

비판적 사고에서 타당성의 검토 방식

첫째, 근거들 모두가 참이라고 치자.

둘째, 이때, 주장이 얼마나 예외 없이 도출되는가?

근거들이 하나면 하나, 백 개면 백 개 모두 빠짐없이 참이라고 믿는 척하는 것이 중요하다. 가령, 우리는 "개는 고양이다"라는 문장을 당연히 참이 아니라고 믿는다. 하지만 우리는 이것이 참이라고 믿는 척 연기할 수 있다. (일종의 메소드 연기다!) 알면서 모르는 척 모르면서 아는 척 연기해본 경험은 누구나 있을 것이다. 그런 기억을 떠올리며 철저하게 모든 근거가 참이라고 믿는 척하자.

그리고 중요한 것은 바로 이렇게 모든 근거가 참이라고 믿는 척했을 때, 그 근거들로부터 도출되는 주장에 예외 상황, 즉 주장이 부정되는 상황이 얼마나 머릿속에 떠오르는지 살펴보는 것이다. 아무리 생각해봐도 아무것도 떠오르지 않는다면 완벽하게 타당한 것이다. 한참 생각해보니 아주 조금 떠오른다면, 완벽하지는 않아도 꽤나 타당한 것이다. 잠깐 생각해봐도 우수수 떠오른다면 그것은 아마 타당성이 거의 없는 논증일 것이다.

예시

근거1 개는 고양이다.

근거2 고양이는 발이 4개다.

주장 따라서 개는 발이 4개다.

개는 고양이다?? 이상하게 들릴 수 있지만, 잠시만 믿는 척!

근거 두 개 "개는 고양이다"와 "고양이는 발이 4개다"를 모두 참이라고 믿는 척해보자. 물론 전혀 사실이 아닌 문장들이다. 개는 고양이가 아니며, 고양이라고 해서 무조건 발이 4개인 것도 아니다(기형이나 사고로 다리를 잃은 고양이 등이 존재). 하지만 타당성 검토를 위해 이 근거들을 모두 참이라고 잠시 간주해보자. 그렇다면 과연 주장 "개는 발이 4개다"가 부정되는 예외 상황, 즉 "어떤 개는 발이 4개가 아니다" 같은 상황이 상상조차 되는가? 상상조차 할 수 없다. 즉, 위 논증은 완벽하게 타당한 논증이다. 물론 이 논증은 절대 좋은(성공적인) 논증이 아니다. 그럼에도 타당성 검토만큼은 무사히 합격점을 받아야 한다. 우리가 전문적으로 논증의 타당성을 검토하고 사고를 예리하게 발전시키고자 한다면 타당성은 타당성대로 따로 떼어서 검토할 수 있어야 한다. 나중에 알게 되겠지만, 위 논증은 결국 건전성(수용 가능성) 검토에서 좋지 않은 논증이라는 평가를 받게 될 것이기 때문에 심리적으로 '나빠 보이는 논증이 타당하다'는 거북함에 너무 신경 쓰지 말도록 하자!

예시

근거1 만약 그 나라의 지하 핵실험에서 야기된 인공 지진파가 6.0 이상 감지되었다면 그 나라의 지하 핵 실험은 성공했다.

근거2 그 나라의 지하 핵 실험에서 야기된 인공 지진파는 6.0 미만이었다.

주장 따라서 그 나라의 지하 핵 실험은 성공하지 못했다.

근거 두 개 "만약 그 나라의 지하 핵실험에서 야기된 인공 지진파가 6.0 이상 감지되었다면 그 나라의 지하 핵 실험은 성공했다", "그 나라의 지하 핵 실험에서 야기된 인공 지진파는 6.0 미만이었다"를 모두 참이라고 치자. 이때 주장 "그 나라의 지하 핵 실험은 성공하지 못했다"가 부정되는 예외 상황, 즉 "그 나라의 지하 핵 실험은 성공했다"는 상황을 상상할 수 있을까? 쉽게 판단 내리기 어려워 보이지만, 곰곰이 생각해보면, 만약 어떤 선진적인 핵분열 기술이 도입되었다면 핵폭발을 오히려 억제하면서 폭발 규모를 줄일 가능성을 생각해볼 수 있을 것이다. 이때 인공 지진파는 성공적인 핵 실험이었음에도 6.0을 넘지 않을 수 있다. 이러한 가능성은 근거 두 개가 모두 참이라고 해도 얼마든지 상정할 수 있는 가능성이다. 물론 이 가능성이 흔한 가능성은 아닐 것이다. 따라서 이 논증은 완벽하게 타당하지 않지만, 상당한 정도의 타당성을 갖추고 있다고 판단할 수 있다.

> **예시** 철수는 왼손잡이다.
> 철수는 안경을 썼다.
> 따라서 철수는 대학생이다.

근거 "철수는 왼손잡이다"와 "철수는 안경을 썼다"가 모두 참이라고 간주해보자. 이때 주장이 부정되는 예외 상황이 얼마나 쉽게 머릿속에 떠오르는가? 우리는 거의 즉각적으로 왼손잡이이자 안경을 쓴 철수가 대학생이 아니라 고등학생이거나 대학을 졸업한 직장인인 경우 등을 떠올릴 수 있다. 근거들이 모두 참이라고 해도 너무나 쉽게 주장의 예외 상황이 떠오르는 것은 이 논증이 거의 아무런 타당성도 갖추지 못한 논증이라는 것을 보여준다. 또한 앞서 배운 주장과 근거의 지지 관계를 확인하는 검토를 시행해본다면, 이 논증은 실패한 논증으로 간주되어야 함을 확인할 수 있다.

※ 다음 제시문을 읽고 타당성을 검토해보자.

1. 만약 올여름에 태풍이 많이 온다면 과일값은 오를 것이다. 기상청에 따르면 올여름은 평년보다 적은 수의 태풍이 발생할 것이라고 한다. 따라서 과일값은 오르지 않을 것이다.

> **풀이** **근거1** 만약 올여름에 태풍이 많이 온다면 과일값은 오를 것이다.
> **근거2** 기상청에 따르면 올여름은 평년보다 적은 수의 태풍이 발생할 것이라고 한다.
> **주장** 과일값은 오르지 않을 것이다.

근거 1과 2가 모두 참이라고 할 때, 결론이 부정되는 상황은 쉽게 상정된다. 가령, 태풍으로 인한 피해가 없다고 해도 과일 상인들이 담합한다거나 심각한 병충해가 유행한다거나 심지어 갑자기 과일 구매 수요가 증가하며 가격이 오를 수 있다. 이러한 상황들은 충분히 개연적인(일어날법한) 상황들이다. 따라서 타당성이 전혀 없는 논증은 아니지만, 그리 높은 수준의 타당성은 갖추지 못했다.

한 가지 재미있는 점을 추가하자! 어떤 사람은 "기상청에 따르면"이라는 문구를 보고 '어! 기상청의 예보는 얼마든지 빗나갈 수 있잖아~!'라고 생각할 수도 있다. 다음에 소개할 숨겨진 근거 찾기에서 더 자세히 배우게 될 내용이지만, 여기서 잠깐 살펴보는 것도 좋겠다. 하나의 논증에는 얼마간 숨겨진 근거들이 있기 마련이다. 기상청에 대한 신뢰가 낮은 사람이라면 아마도 다음과 같은 숨겨진 근거를 추가하여 논증을 분석·해석할 것이다.

> **근거1** 만약 올여름에 태풍이 많이 온다면 과일값은 오를 것이다.
> **근거2** 기상청에 따르면 올여름은 평년보다 적은 수의 태풍이 발생할 것이라고 한다.
> **숨겨진 근거2** 기상청의 예보는 빗나가는 경우가 허다하다.
> **주장** 과일값은 오르지 않을 것이다.

이렇게 분석된 논증은 그야말로 전혀 타당하지 않게 된다. 일면 자승자박하는 꼴로 보일 정도다. 하지만 이러한 분석은 추천할 수 없다. 논증의 분석은 1차적으로 논증을 만든 사람의 의도를 반영하여 호의적으로 분석되어야 함이 원칙이기 때문이다. 위 논증을 만든 사람은 "기상청의 예보는 믿을 수 있다"는 전제를 마음속에 품었을 것이다.

2. 그 혜성은 50년 주기로 지구에 방문한다. 그 혜성은 1975년 지구에 방문했다. 따라서 그 혜성은 2025년 지구에 방문할 것이다.

풀이

3. 철수는 영희에게 많은 돈을 빌렸다. 영희는 최근 철수에게 빚을 독촉했다. 영희의 이웃은 영희가 죽던 날 철수가 영희의 집에서 황급히 나오는 모습을 보았다. 따라서 영희 살해범은 철수다.

풀이

4. 우리를 괴롭히는 것은 내적인 것이거나 외적인 것이다. 내적인 것이 우리를 괴롭힌다면 우리의 생각을 바꿈으로써 쉽게 괴로움에서 벗어날 수 있다. 외적인 것이 우리를 괴롭힌다면 그것은 외적인 대상이나 상황에 대한 우리의 생각이 우리를 괴롭히는 것이다. 우리의 생각은 우리 스스로 쉽게 바꿀 수 있다. 따라서 괴로움을 벗어나는 가장 쉬운 방법은 우리의 생각을 바꾸는 것이다.

2) 수용 가능성

　수용 가능성은 논증의 구성 성분인 주장과 근거 중에서 오직 근거들에 관한 것이다. 수용 가능성 또한 일반적인 사전적 의미로 이해하면 곤란하다. 간혹 주장이 마음에 들지 않는다고 해서 수용 가능성이 없다고 평가하는 경우가 있다. 이것은 비판적 사고의 평가에서 말하는 수용 가능성과 전혀 상관이 없는 평가다. 근거들 하나하나에 대해 그것이 사실에 부합하는지, 합리적이고 이성적으로 받아들일 수 있는 것인지 따져보는 것이 수용 가능성에 대한 평가의 전부다. 주장은 언급할 필요가 없다.

근거 1 개는 고양이다.

근거 2 고양이는 발이 4개다.

주장 따라서 개는 발이 4개다.

위 논증은 앞서 살펴본 대로 완벽하게 타당한 논증이다. 즉, 근거들이 모두 참일 때 주장이 부정되는 상황은 불가능하다. 근거들이 참이라면 주장은 필연적으로 도출된다. 하지만 절대 좋은 논증이 아니다. 위 논증이 전혀 정당화가 이뤄지지 않는 논증인 이유는 타당성이 아니라 수용 가능성 때문이다. 수용 가능성에 대한 평가는 근거들 하나하나에 대해 그것이 사실에 부합하는지, 합리적으로 수용할 수 있는 것인지 따져보는 것이다. "개는 고양이다"라는 근거는 사실에 부합하지 않는다. 또한 "고양이는 발이 4개다"라는 말도 무조건적으로 항상 참이라고 생각하기 어렵다. 가끔 기형적인 고양이가 발견되기 때문이다. 따라서 우리는 위 논증에 대해 근거들이 수용 가능하지 않기 때문에 진지하게 고민할 만한 가치도 없는 논증이라고 말할 수 있다.

한편, 수용 가능성을 따져보는 데 있어서 "합리적으로, 이성적으로 수용 가능한가?"라는 질문은 "이 근거는 사실에 부합하는가?"라는 질문과는 구분된다. 사실 판단 영역에서 참과 거짓을 판별할 수 있는 문장들도 있지만, 그 외의 영역들에 대한 문장들도 많이 있다. 가령 "무고한 사람을 해치면 안 된다" 같은 도덕적 영역의 문장들도 있으며, "쾌락은 양보다 질이 중요하다", "아름다움은 추함보다 가치 있

우리는 위에 놓은 주장을 바로 논박해서는 안 된다.
그 밑의 기둥들의 수용 가능성을 무너뜨려야 한다.

다" 같은 가치적 영역의 문장들도 있다. 이러한 문장들이 근거로 사용될 경우 객관적인 팩트체크를 할 수 있는 방법은 없다. 따라서 합리적인 관점에서 이 문장들을 받아들일 만한 것인지 따져서 수용 가능성을 가늠해야 한다.

> **예시**
> **근거 1** 모든 사람이 똑같은 정치적 권리를 가지는 것은 올바르지 않다.
> **근거 2** 똑똑한 사람이 어리석은 사람보다 더 많은 투표권을 가진다면 국가 발전에 도움이 된다.
> **주장** 똑똑한 사람은 어리석은 사람보다 더 많은 투표권을 가져야 한다.

근거 1과 2는 합리적 관점에서 수용하기 어려운 문장들이다. 평등주의를 내치는 것이 과연 올바른 것인지, 그리고 똑똑하다는 것만을 근거로 국가 발전에 도움이 된다는 것을 보장할 수 있을지 등 많은 의혹이 있다. 물론 객관적인 팩트체크가 가능한 영역의 문장들의 경우와 달리 상대성이 적용될 수 있다. 누군가에게는 좀 더 수용 가능한 것이지만, 누군가에게는 거의 수용 불가능한 문장일 수 있다. 하지만 합리성을 토대로 내리는 평가이기 때문에 임의적이고 자의적인 평가를 내리는 것과는 완전히 다른 작업이어야 한다. 두 근거 모두 수용 가능성이 낮기 때문에 주장은 정당화되지 않는다. 따라서 설득력이 없는 나쁜 논증으로 판단할 수 있다.

> **예시**
> **근거 1** 수평선은 평평하게 보인다.
> **근거 2** 지구가 둥글다면 비행기가 날아갈 때 계속해서 고도가 높아져야 하는데, 비행기는 항상 같은 고도로 직선 비행한다.
> **주장** 따라서 지구는 평평하다.

근거 1은 단지 수평선이 그렇게 보인다는 것을 말하고 있을 뿐이기 때문에 사실에 부합한다고 볼 수 있어 수용 가능성은 인정된다. 근거 2는 사실에 부합하지 않기 때문에 수용 가능성이 없다. 비행기는 자동 조정 장치 등을 통해 일정 고도를 유지하는 것이며, 실제로는 지구 중력에 의해 곡선 비행한다. 이 논증은 핵심 근거 2개 중 하나가 수용 가능하지 않다. 즉, 성공적인 정당화가 이뤄지고 있지 않은 논증이다. (근거 1은 수용 가능하다. 하지만 근거 1은 주장을 지지해주지 못한다. 즉, 타당성이 없다. 근거 1이 참이어도 주장이 부정되는 예외적 상황이 얼마든지 가능하기 때문이다.)

예시

근거 1 조선 시대 기록을 살펴보면, 부패하고 무능한 지도층, 유교사회의 비효율성, 취약한 사회구조 등으로 인해 16세기 대규모 아사자와 유랑민이 발생했다.

주장 따라서 조선은 바람직하지 않은 나라였다.

근거 1은 사실 여부를 확인하기 매우 어렵다. 역사적 사건은 사실에 부합하나 그것이 조선의 무능함 때문이라는 책임 귀속은 사실에 부합하는지, 합리성의 관점에서 수용 가능한 것인지 가늠하기 어렵다. 가령, 많은 학자들은 16세기 조선의 대기근은 전 지구적 소빙기의 영향이 크다는 것을 지적하고 있다. 이와 같은 논증들은 근거들이 가지는 수용 가능성을 평가할 때 많은 연구가 필요하다. 즉, 실제 논증적인 글을 읽고 근거들의 수용 가능성을 따지는 작업은 평가 작업에서 가장 많은 시간과 노력이 요구되며, 이러한 작업은 직접 자료를 검색하고 연구하는 고충이 따른다는 것이다.

논증의 수용 가능성은 실제로 각 근거가 얼마나 신뢰할 수 있는지 탐구하는 과정이다!

연습문제

※ 다음 제시문을 읽고 수용 가능성을 검토하라.

1. 많은 사람이 신은 존재한다고 믿고 있다. 신이 존재하지 않는다는 과학적인 증거가 없다. 따라서 신은 존재한다.

2. 모든 포유류는 태생이다. 모든 태생은 새끼 때 어미의 젖을 먹는다. 오리너구리는 포유류다. 따라서 오리너구리는 새끼 때 어미의 젖을 먹는다.

3. 우리를 괴롭히는 것은 내적인 것이거나 외적인 것이다. 내적인 것이 우리를 괴롭힌다면 우리의 생각을 바꿈으로써 쉽게 괴로움에서 벗어날 수 있다. 외적인 것이 우리를 괴롭힌다면 그것은 외적인 대상이나 상황에 대한 우리의 생각이 우리를 괴롭히는 것이다. 우리의 생각은 우리 스스로 쉽게 바꿀 수 있다. 따라서 괴로움을 벗어나는 가장 쉬운 방법은 우리의 생각을 바꾸는 것이다.

※ 다음 제시문들을 읽고 주장과 근거들을 분석한 뒤 타당성과 수용 가능성을 평가하라.

1. 모든 뛰어난 발명품들과 획기적인 과학이론들은 처음에는 쓸모없는 물건이나 황당무계한 헛소리로 평가되었다. 하지만 시간이 지나면서 그 진정한 가치와 참됨을 인정받아 많은 사람이 칭찬하며 존중하게 된다. 따라서 나의 새로운 발명품을 처음 본 사람들도 역시 나를 사기꾼 취급하고 있지만, 머지않아 그 진정한 가치를 인정하게 될 날이 올 것임에 틀림없다. 또한 나의 새로운 발명품이 인권침해의 소지가 있다는 주장은 전혀 신경 쓰지 않아도 된다. 왜냐하면 사랑하는 사람을 모든 종류의 위험으로부터 지켜주는 것은 인권침해가 아니며, 나의 발명품은 모든 사람의 신체적 활동과 정신적 건강을 전문가들이 24시간 모니터링하도록 허락하기 때문에 오히려 인권을 신장시키는 역할을 한다.

분석

주장:
문제:
근거(숨겨진 근거 포함):

평가

타당성:
수용 가능성:

2. 모든 기술은 그 대상의 이로움을 추구한다. 가령, 의술은 그 기술의 대상이 되는 환자의 이로움을 추구하며, 양을 키우는 기술 또한 그 자체로는 양의 이로움을 추구하고, 정치술 역시 시민의 이로움을 추구한다. 물론 의술로 돈을 벌고, 양을 키워서 비싼 값에 팔고, 어떤 정치인들은 대중을 현혹하여 자신의 이득만을 취한다. 하지만 이것은 의술, 양을 키우는 기술, 정치술 그 자체와는 무관한 것이다.

분석

주장:
문제:
근거(숨겨진 근거 포함):

타당성:

수용 가능성:

3. 돈으로 무엇이든 살 수 있다고 믿는 사람은 위험하다. 그들은 돈을 얻기 위해서는 무슨 짓이든 하려 들기 때문이다. 대다수의 사람이 돈이 많으면 진정한 행복을 얻기 쉬워진다거나 혹은 돈이 곧 행복이라 생각하지만, 이것 역시 매우 잘못된 생각이다. 행복이라는 것은 오직 좋은 삶에서 나오는 것이며, 좋은 삶이란 객관적인 조건에서 성립하는 것이지 단지 자신의 주관적인 감정에서 오는 것이 아니다. 아동 성폭행범이 범죄에서 기쁨을 얻고 심지어 자신의 꿈을 이뤘으니 죽어도 여한이 없는 만족감을 느낀들 그것은 행복이 아니다. 마찬가지로 유의미한 지식과 예술, 문화를 향유할 수 있는 능력 없이 좋은(행복한) 삶을 살 수 없다. 가족, 사랑하는 사람과의 깊은 유대감 역시 인간 정신의 가장 강렬한 욕망이며 객관적인 행복의 조건이다. 이러한 것들은 돈이 많다고 하여 얻어지는 것이 아니다. 그리고 무엇보다 인간의 좋은 삶은 반성하는 삶, 성찰하는 삶에서 오는 것이 분명하다. 그런데 이는 돈을 얻기 위해 노심초사하는 사람에게는 주어지기 힘든 삶의 조건이 아니겠는가?

| 주장: |
| 문제: |
| 근거(숨겨진 근거 포함): |

평가

| 타당성: |
| 수용 가능성: |

3장
논의의 폭과 깊이 평가하기

하나의 글은 폭과 깊이를 가진다. 비판적 사고가 담긴 글을 읽거나 쓸 때 우리는 논의가 얼마나 폭이 넓은지, 깊이는 적절한지 평가하는 작업을 동반해야 한다. 글을 하나의 건축물에 비유하자면, 글의 폭은 얼마나 다양한 사람을 포용할 수 있는지, 깊이는 건축물이 얼마나 깊은 곳에 기반을 두고 있는지를 의미한다. 따라서 글의 폭과 깊이는 글의 질(퀄리티)을 결정하는 중요한 요소다. 글의 폭과 깊이는 작가의 사고력과 통찰력을 보여주는 중요한 지표다. 폭넓고 깊이 있는 사고를 통해 독자에게 유익하고 설득력 있는 글을 쓸 수 있도록 노력해야 한다.

평가 요소	평가 항목
논의의 폭	- 논의를 얼마나 다양한 관점에서 다루고 있는가? - 글쓴이의 생각과 다른 견해, 관점들도 폭넓게 다루고 있는가?
논의의 깊이	- 논의를 수준 높게, 심층적인 수준에서 다루고 있는가? - 글쓴이의 생각과 다른 견해, 관점들(예상 반론)에 대해 적절하게 재반론하고 있는가?

1) 논의의 폭

　　논의의 폭은 논의를 얼마나 다양한 관점에서 다루고 있는지를 의미한다. 설득력 있는 글은 문제에 대해 편중된 시각만 제시하는 것이 아니라, 다양한 측면에서 문제를 다룰 때 만들어진다. 특히 필자의 견해에 반대하는 사람들이 취하는 관점, 반대증거들에까지 접근하여 폭넓은 이해를 제공하는 것이 요긴하다. 주제와 관련된 다양한 정보, 사례, 자료들을 포괄적으로 제시하여 독자에게 풍부한 정보를 제공하는 것은 결국 설득력 있는 글이 되는 지름길이다.

　　예를 들어, '인공지능'에 대한 글을 쓸 때는 기술적인 측면뿐만 아니라 사회적·윤리적·철학적 측면까지 다루어 글의 폭을 넓힐 수 있다.

　　인공지능에 대한 폭넓은 글을 써보자.

'환경 문제'에 대한 글을 쓸 때는 특정 환경 문제뿐만 아니라 지구온난화, 생물다양성 감소 등 다양한 환경 문제를 다루고, 각 문제의 원인, 현황, 해결 방안 등을 제시하여 폭넓은 시야를 제공할 수 있다.

환경 문제에 대한 폭넓은 글을 써보자.

한편 '설득력'이라는 것은 일종의 대항하는 힘이다. 누구(무엇)에게 대항하는 힘인가? 당연히 자신과 생각이 다른 사람들을 향하는 힘이다. 어떤 글이 설득력 있다는 것은 글쓴이와 생각이 같은 사람들에 관한 것이 아니다. 설득력이란 글쓴이와 다른 견해, 특히 상반된 견해를 가진 사람 중 최소한 한 명이라도 믿음, 태도를 변화시켜 글쓴이의 주장을 믿게끔(받아들이게끔) 하는 힘이다. 따라서 소풍을 산으로 가자고 설득하려면, 그에 반해 바다로 가고자 하는 사람들의 근거가 무엇인지, 그들의 관점은 무엇인지 잘 헤아리고 그에 맞는 대응책을 내놓아야 할 것이다.

당신은 소풍을 바다로 가기를 주장하고 있다. 일부는 소풍을 산으로 가기를 원하고 있다. 소풍을 주장하는 사람이 당신에게 산으로 갔을 때의 장점과 바다로 갔을 때의 단점만 이야기하며 의기양양하게 논증을 전개한다면 당신은 어떤 생각을 하게 될까? 아마도 '저 사람은 정말 외눈박이로군. 오직 자기 입장에서만 논증을 전개하네. … 바다로 갔을 때도 단점이 있고, 산으로 갔을 때 장점도 있는데 말이야. … 참 한심하군!' 이렇게 생각하지 않을까? 정당화를 도모하는 글, 즉 설득을 목적으로 하는 글도 마찬가지 상황이 적용된다.

'산으로' 장단점		'바다로' 장단점	
장점	단점	장점	단점
거리가 가깝다	편의시설이 부족하다	먹거리가 많다	거리가 멀다
건강에 좋다	힘들다	물놀이가 가능하다	많은 인파

즉, 산으로 가는 것이 좋다고 논증하는 사람은 다음 ①과 ② 최소한 둘 중 하나의 작업을 수행해야 한다.

① 산의 장점과 바다의 장점을 비교하여 산이 더 크다는 점
② 산의 단점과 바다의 단점을 비교하여 바다가 더 크다는 점

이러한 작업이 성공적으로 이뤄졌을 때, 비로소 논의가 충분한 설득력을 갖추었다고 볼 수 있다. 따라서 폭이 넓은 글은 단지 다양한 관점이나 견해를 백화점식으로 나열만 하는 것이 아니라 본인의 주장에 반하는 예상 반론 혹은 상대 논증의 관점과 견해를 본인이 논증으로 능가할 수 있어야 한다. 이때 비로소 진정으로 폭넓은 글이 완성된다.

다음으로, 원자력발전소 건설에 대한 찬반 논쟁을 표를 통해 살펴보자.

원전 건설 찬성		원전 건설 반대(신재생 에너지 선호)	
장점	단점	장점	단점
높은 에너지 효율 (경제성)	사고 위험 (막대한 손실)	지속 가능성	낮은 에너지 효율
탄소 발생 감소	방사능 폐기물 발생	환경 친화적	높은 초기 비용
안정적 전력 공급	핵무기 전용 위험	지역경제 활성화	(일부) 간헐성

찬성(혹은 반대) 측 견해로 논증을 전개하기 위해서는 ①과 ② 최소한 둘 중 하나의 작업을 수행해야 한다.

① 원전의 장점과 신재생 에너지의 장점을 비교하여 원전이 더 크다는 점
② 원전의 단점과 신재생 에너지의 단점을 비교하여 신재생 에너지가 더 크다는 점

우리는 이러한 작업이 성공적으로 이뤄졌을 때, 비로소 논의가 충분한 설득력을 갖추었다고 볼 수 있다. 따라서 폭이 넓은 글은 단지 다양한 관점이나 견해를 백화점식으로 나열만 하는 것이 아니라 본인의 주장에 반하는 예상 반론 혹은 상대 논증의 관점과 견해를 본인이 논증으로 능가할 수 있어야 한다. 이때 비로소 진정으로 폭넓고 깊이 있는 글로 나아간다.

2) 논의의 깊이

글에는 깊이가 존재한다. 어떤 사람이 빙판길은 왜 미끄러울까 설명하고자 한다면, 설명의 수준은 다음과 같이 가장 초보적인 ①부터 전문가에 이르는 ③까지

다양한 층위가 있을 것이다.

① 얼음에 압력을 가하면(사람이 올라서면) 고체인 얼음이 액체인 물로 변하기 때문에
② 물(H_2O)의 화학적 특징에 의해 다른 물질들과 달리 이러이러한 이유로 물은 고체 상태일 때 밀도가 액체 상태일 때보다 낮기 때문에
③ 원자 수준에서 전자적 속성이 이러저러하기 때문에

한 편의 글에 담긴 사고는 이처럼 다양한 수준이 있으며, 그에 따라 글의 깊이가 변화한다. 무조건 깊이 있는, 수준 높은 논의가 좋은 것은 아니다. 우리는 예상 독자층을 설정하고 그들의 수준에 맞춰 논의를 진행해야 한다. 어린이들을 대상으로 하는 수업에서 교수들이나 이해할법한 이론들을 설명하는 것은 전혀 합리적이지 않다. 하지만 우리는 가능한 한 예상되는 독자들이 이해할 수 있는 범위 내에서 깊이 있는 논의를 추구해야 한다. 깊이 있는 글이야말로 주제를 심층적으로 분석하며 독자들에게 영감과 통찰을 안겨준다.

깊이 있는 글은 논의를 높은 수준에서 다룬다. 높은 수준의 글을 쓰기 위해서는 물론 글쓴이 자신이 수준 높은 관련 지식에 통달하고 있어야 할 것이다. 하지만 그러한 글 외적인 수단을 제외하고 보자면 우리가 앞서 배운 숨겨진 근거 찾기의 방식이 깊이 있는 글을 쓰는 한 가지 방편이 될 수 있을 것이다. 수준 높은 글은 단순히 1차적인 근거들을 나열하는 데 그치지 않고, 그 근거들을 뒷받침하는 더 심층적인 근거들로 파고들어야 한다. 그렇게 했을 때 비로소 질문(주제)의 본질에 대해 깊이 있게 고찰하고 통찰력 있는 분석이 가능해진다. 주장을 뒷받침하는 논리적인 근거와 구체적인 사례를 "왜?"라는 질문을 통해 계속 심층적으로 파고들어갈 때 더 깊은 수준의 논증이 만들어진다. 또한 주제에 대해 비판적인 시각으로 접근하고, 자신의 견해와 다른 사람들이 취하는 논증을 잘 분석해서 성공적인 반론을 제시하거나 적절한 대응을 하는 것도 글의 깊이를 더하는 하나의 방식이다.

예를 들어 '사랑'에 대한 글을 쓸 때는 사랑의 정의, 사랑의 유형, 사랑의 심리 등을 분석하고, 다양한 철학자나 심리학자의 이론을 소개하며 깊이 있는 논의를 전개할 수 있다.

사랑에 대한 깊이 있는 글을 써보자.

'행복'에 대한 글을 쓸 때는 행복의 조건, 행복을 위한 노력, 행복의 의미 등을 심층적으로 분석하고, 숨겨진 근거 찾기를 반복하며 "왜?"라는 질문을 던지고 대답하며 글의 깊이를 더할 수 있다.

행복에 대한 깊이 있는 글을 써보자.

＿＿＿＿＿＿＿＿＿＿＿＿＿＿＿＿＿＿＿＿＿＿＿＿＿＿＿＿＿＿＿＿＿＿＿

＿＿＿＿＿＿＿＿＿＿＿＿＿＿＿＿＿＿＿＿＿＿＿＿＿＿＿＿＿＿＿＿＿＿＿

＿＿＿＿＿＿＿＿＿＿＿＿＿＿＿＿＿＿＿＿＿＿＿＿＿＿＿＿＿＿＿＿＿＿＿

＿＿＿＿＿＿＿＿＿＿＿＿＿＿＿＿＿＿＿＿＿＿＿＿＿＿＿＿＿＿＿＿＿＿＿

＿＿＿＿＿＿＿＿＿＿＿＿＿＿＿＿＿＿＿＿＿＿＿＿＿＿＿＿＿＿＿＿＿＿＿

＿＿＿＿＿＿＿＿＿＿＿＿＿＿＿＿＿＿＿＿＿＿＿＿＿＿＿＿＿＿＿＿＿＿＿

＿＿＿＿＿＿＿＿＿＿＿＿＿＿＿＿＿＿＿＿＿＿＿＿＿＿＿＿＿＿＿＿＿＿＿

한편 논의의 폭과 깊이를 평가하는 것은 매우 어렵다. 아무리 폭이 넓고 깊이 있는 글이라고 해도 글을 읽는 사람이 그 주제에 대해 전혀 모르고 있다면 그것이 폭이 넓은지, 깊이가 깊은지 헤아릴 수 없기 때문이다. 즉, 우리는 아는 만큼 보고 평가할 수 있을 뿐이다. 어떤 주제에 대한 글의 폭과 깊이를 평가하기 위해서는 평가자가 그 문제에 대해 얼마나 잘 알고 있는지가 관건이다.

폭과 깊이를 모두 갖춘 글을 쓰기 위해서는 적절한 주제 선정이 중요하다. 너무 광범위한 주제는 깊이 있는 분석이 어렵고, 너무 좁은 주제는 폭넓은 시야를 제공하기 어렵기 때문이다.

다음 글을 읽고 논의의 폭과 깊이를 평가해보자.

예시 조선 시대는 유교사회의 특징이 두드러지게 나타나면서 여성에 대한 차별이 심화되었던 시기였다. 여성은 사회적으로 남성보다 낮은 지위에 놓였으며, 법률, 교육, 문화 등 다양한 측면에서 불평등한 대우를 받았다. 조선 시대 여성은 남존여비(男尊女卑) 사상에 따라 남성보다 낮은 지위에 놓였다. 여성은 집안에서 남편과 시부모를 모시는 역할을 맡았으며, 사회 활동은 제한되었다. 내외법(內外法)에 따라 여성은 집 안에서만 생활해야 했고, 바깥출입이 자유롭지 못했다. 조선 시대 문화는 여성에게 정숙하고 순종적인 태도를 요구했다. 여성은 얌전하고 순종적인 모습으로 남편과 시부모를 섬기는 것이 미덕으로 여겨졌다. 여성의 개성과 자유로운 활동은 억압되었으며, 여성은 사회적으로 수동적인 존재로 규정되었다. 따라서 조선 시대는 인권에 대한 억압이 심화되었던 암울했던 시기로 평가된다.

논의의 폭: 조선 시대에 대한 평가를 오로지 양성평등의 관점에서 다루고 있다. 정치, 경제, 문화, 학문(예술) 등 다양한 측면이나 관점에서 시대를 종합적으로 평가하는 것이 더 적합하다. 만약 다루고자 하는 주제를 조선 시대의 여성의 지위 및 권리로 한정하고 주장도 그에 따라 한정적 범위에서 만들어졌다면 논의의 폭이 문제가 되지 않았을 것이다. 오히려 조선 시대 여성의 지위를 다양한 관점이나 측면에서 폭넓게 다루었다는 평가가 가능했을 것이다.

논의의 깊이: 조선 시대 여성의 지위 및 권리에 대해 비교적 자세하고 상세하게 다루고 있다. 다만 유교적 배경 외에 여성에 대한 불평등한 사회구조가 왜 생겨났는지에 대한 분석을 더 했다면 더욱 깊이 있는 심층적 논의가 되었을 것이다.

예시 돈으로 모든 것을 살 수는 없다. 하지만 돈과 행복 사이에는 분명히 긍정적인 상관관계가 있다. 물론 여기서 말하는 돈이라는 것은 경제적 공리(utility) 일반을 말하는 것이지 특정한 교환수단 그 자체를 의미하는 것은 아니다. 행복이라는 것은 자신의 꿈과 야망을 추구할 수 있는 상태에서 오는 주관적인 감정 상태다. 이러한 점에서 본다면, 돈은 많으면 많을수록 더 많은 꿈과 야망을 추구할 수 있는 가능 상태를 보장한다. 개인마다 꿈이 다르기 때문에 누군가는 초야에 묻혀 안빈낙도하는 삶을 추구할 수도 있고, 누군가는 전 세계를 누비는 셀럽이 되어 시끌벅적하게 사는 삶을 추구할 수도 있다. 다행히 돈이 있다면 후자의 삶과 후자의 삶을 추구하는 것이 모두 가능하겠으나, 돈이 없다면 전자의 삶을 추구하는 것만 가능하다. 물론 본인은 지금 전자의 삶을 추구하기에 돈이 아무것도 아닐 수 있다. 하지만 인간은 살면서 기호와 신념이 변하며, 이것이 바로 인간의 삶의 특징이다. 돈이 많으면 나중에 꿈이 바뀐다 해도 얼마든지 바뀐 꿈과 야망을 추구할 수 있다.

논의의 폭: 행복을 주관적인 감정 상태로 보고 있지만, 다른 견해나 관점도 있다. 행복을

객관적인 조건으로 보는 견해도 포괄하여 행복과 돈의 관련성을 논의했다면 좀 더 폭넓은 논의가 되었을 것이다.

논의의 깊이: 돈을 경제적 공리로 보고 행복과의 상관관계에서 경제적 자유를 근거로 논의하면서 인간 삶, 욕망의 가변성을 통해 예상 반론에 대응한다는 점에서 심층적인 논의가 이뤄지고 있다.

※ 다음 제시문들을 읽고 간단한 분석 후 논의의 폭과 깊이에 대해 평가하라.

1. 민주주의는 전 세계 거의 모든 나라에서 채택하고 있는 정치체제다. 사람들은 흔히 이러한 민주주의가 지고지순한, 우리가 선택할 수 있는 최선의 정치체제인 것처럼 생각하곤 한다. 하지만 인류의 역사를 살펴보건대, 결단코 민주주의는 보편적인 정치체제가 아니었으며 오히려 대중에게 국가의 운명을 맡기는 행태는 바람직하지 않은 것이었다. 또한 민주주의가 결코 바람직한 이념이 아니라는 결정적인 근거가 있다. 민주주의의 이념에 따르면 우리는 모든 것을 다수결의 원리에 따라야 한다. 아무리 뛰어난 소수의 의견이 있어도 그것은 당연히 묵살당해야 한다. 무엇이 옳은지 무엇이 그른지, 무엇이 참인지 무엇이 거짓인지 이 모든 것을 단지 다수결의 원리에 따라 결정하자는 민주주의는 인류 발전의 법칙과 전혀 맞지 않는 것이다. 따라서 민주주의는 결코 바람직한 정치체제가 될 수 없다.

논의의 폭:

논의의 깊이:

---

2. 최근 한 연구자는 우울증의 원인이 유전적 요인에 있음을 밝혀냈다. 그는 우울증 환자 1,000명을 대상으로 그들 부모의 우울증 병력을 조사했다. 그 결과 우울증을 앓고 있는 환자의 약 70%는 부모 중 한 명 이상이 역시 우울증을 앓았거나 앓고 있는 것으로 드러났다. 이는 우울증이 선천적인 요인에 의해 생긴다는 결정적인 근거다.

논의의 폭:
논의의 깊이:

3. 중세를 벗어나 근대가 되면서 사람들은 더 이상 수동적인 '구원'이 아닌 적극적인, 쟁취의 대상이 되는 '행복'에 열중하게 되었다. 개개인들의 이러한 열망은 하나의 시대정신이라 불러도 될 거대 담론을 형성한다. 근대 국가들은 모두 정부의 목표를 국민의 행복이라고 내세운다. 요즘 기업이나 단체들 역시 가장 큰 목표를 소비자나 단체원들의 행복에 두는 경우가 많다. 텔레비전 광고나 유행가 속에서 그리고 하루하루를 사는 사람들의 평범한 대화 속에서 행복이라는 개념은 너무나 익숙하고 또 필수적인 요소가 되었다.

하지만 우리는 행복이라는 단어, 개념에 대해 얼마나 구체적으로 설명할 수 있을까? 많은 사람이 행복에 대해 형식적인, 그러나 피상적인 정의를 내리는 것에 그칠 뿐 구체적인, 실질적인 설명을 하기 어려워한다. 학자들 역시 이러한 행복에 대해 설명하는 데 어려움을 느끼기는 마찬가지다. 행복에 대한 '욕구 충족 이론 (desire fulfillment theory of well-being)'은 여러 경쟁하는 이론 중 주목할 만한 이론이다. 나는 이 이론이 지금 경쟁하는 행복에 관한 이론 중에서 설득력 있는 이론으로 자리매김하는 데 전혀 부족하지 않다고 생각한다.

우선, 욕구 충족 이론은 행복에 대한 직관적인 설명력을 가진다. 욕구 충족 이론은 "나의 욕구가 충족되면 나는 행복해지고, 나의 욕구가 좌절되면 나는 불행해진다"는 간단한 이론이다. 물론 이때 나의 욕구가 강하면 강할수록 충족될 때 더 행복해지고, 그 반대의 경우 또한 그러하다. 나의 욕구가 충족된다는 것은 원초적으로 나의 삶에 좋은 것이 된다. 심지어 내가 남들이 보기에는 전혀 쓸모없는 일을 하고 싶다는 소망을 가지고 있다 해도 이는 전혀 문제 될 것이 없다. 가령, 내가 방 안에 떠돌아다니는 먼지를 하나하나 세는 것을 좋아하여 그것을 통해 욕구를 충족한다고 해서 무엇이 잘못되었는가? 사람마다 각각 저마다의 자유의지가 있으며, 저마다의 욕구가 있을 수 있다. 그것이 다른 사람들의 눈에 어떻게 보이는지는 중요하지 않다. 이것 또한 직관적으로 옳은 말이다.

물론 어떤 사람들은 욕구 충족 이론에 치명적인 단점이 있다고 생각할 것이다. 그들은 "나의 욕구가 충족되었지만 나는 불행해지는" 경우가 얼마든지 있다고 주장한다. 가령, "나는 정크푸드를 최대한 많이 먹고 싶지만, 그 욕구가 충족되면 나는 불행해질 것이다" 혹은 "나는 그녀/그와 결혼하는 것을 그 무엇보다 열망하지만 그녀/그는 사실 사기꾼이었고, 그 욕구가 충족된다면 나는 굉장히 불행해질 것이다" 등등.

하지만 이러한 반대 사례들은 앞서 제시한 욕구 충족 이론들 안에서 모두 해소된다. 욕구 충족 이론은 "나의 욕구가 충족되면 나는 행복해지고, 나의 욕구가 좌절되면 나는 불행해진다"는 간단한 내용이며, 여기에 추가로 "나의 욕구가 강하면 강할수록 충족될 때 더 행복해지고, 그 반대의 (욕구 좌절의) 경우 또한 그러하다"는 단서가 붙는다.

내가 햄버거를 먹지만 그것 때문에 불행해질 수 있다. 그것은 건강하게 오래 살고 싶다는 나의 욕구가 더 강하며 그것이 좌절되었기 때문이다. 내가 그 무엇보다 원한다고 생각했던 결혼이 성사된다고 해도 그것이 나의 불행을 불러올 수 있다. 그 이유는 사실 내가 원했던 것은 '진정한 사랑'이었기 때문이다. 즉, 내가 그 결혼을 통해 '진정한 사랑'을 얻기를 욕구한 것이지 단지 서류상의 어떤 계약이 성사되기를 바랐던 것은 아니기 때문이다. 이런 식으로 수많은 반대 사례들을 일일이 열거한 후에 하나하나 모두 반박할 수 있을지 모르겠다. 단지 여기서는 욕구 이론에 대한 제대로 된 이해를 먼저 해보기를 권하고 싶다. 진정으로 나의 더 강한 욕구가 좌절되지 않은 채로 나의 진정한 욕구가 충족되었을 때 내가 불행해지는 경우란 있을까? 이런 경우를 찾아내지 못하는 한 욕구 충족 이론은 진지하게 고려되어야 한다.

최근 들어 높아져가는 행복에 대한 관심에서 미뤄볼 때 행복에 대한 이론적 고찰이 등한시되어왔다는 것은 놀랍다. 행복에 대한 기존의 이론 중 욕구 충족 이론이야말로 가장 전도유망한 이론이라고 할 수 있다.

논의의 폭:

논의의 깊이:

4장

논평문 쓰기

2부에서는 글에 담긴 생각을 각 항목에 따라 평가하는 방법을 배웠다. 이제 우리는 1부에서 배운 대로 글을 분석해서 요약한 후 논평문을 쓸 수 있다. 논평문은 일반적으로 특정 대상에 대한 분석과 평가를 함께 담은 글을 의미한다. 대상에는 영화나 드라마가 올 수도 있고, 설명하는 글이나 설득하는 글이 올 수도 있다. 형식을 갖춘 논평문은 일반적인 글쓰기처럼 서언, 본론, 결언의 형식을 가진다. 하지만 여기서는 간단히 분석적 요약을 바탕으로 작성하는 논평문을 연습하기로 하자.

'분석 요소들'과 '논평 항목들'

분석 요소들	논평 항목들	내용
주장	명확성	하나의 주장이 가지는 옳음 조건이 얼마나 명확한가에 대한 평가
문제	중요성	다루고 있는 문제의 영향 범위, 심각성, 시급성, 관심도, 해결 가능성 등
핵심 개념	명료성	개념이 얼마나 명확하고 정확하게 정의되어 있는지, 다른 개념들과 얼마나 잘 구별되는가? 즉, 개념이 애매하거나 모호하지는 않은가?

근거	타당성	근거들이 참일 때 주장이 얼마나 예외 없이 도출되는가? 근거와 주장 사이의 관계에 대한 평가
목적	수용 가능성	근거들 각각이 얼마나 사실에 부합하는가? 혹은 합리적 관점에서 수용 가능한가?
맥락	논의의 폭	논의를 얼마나 다양한 관점에서 다루고 있는가? 글쓴이의 생각과 다른 견해, 관점들도 폭넓게 다루고 있는가?
관점		
함축	논의의 깊이	논의를 수준 높게, 심층적인 수준에서 다루고 있는가? 글쓴이의 생각과 다른 견해, 관점들(예상 반론)에 대해 적절하게 재반론하고 있는가?

논평은 글에 대한 평가 작업이다. 좋은 글인지 나쁜 글인지, 설득력이 있는 글인지 없는 글인지 평가하는 작업을 기본적으로 동반한다. 우리는 이러한 작업을 그동안 대충 뭉뚱그려서 해왔다. 하지만 지금부터는 서로 구분되는 평가 항목들을 토대로 수행해야 한다. 어떤 점에서 좋고 어떤 점에서 나쁜지, 어떤 점에서는 설득력이 없지만 어떤 점에서는 설득력을 획득하는지 구체적이고 분명하게 평가하는 것 자체가 생각의 힘을 키우는 길이다.

지금부터 체계적으로 간단한 논평문을 작성하는 방식부터 배워나갈 것이다. 논평을 잘하는 사람은 글을 잘 쓰는 사람이기도 하다. 왜냐하면 좋은 글과 나쁜 글의 기준을 명확히 알고 있는 사람이라면 자신이 글을 쓸 때도 그러한 기준을 적용할 것이기 때문이다. 다른 사람의 비판적 사고가 담긴 논증적 글을 읽고 분석한 후 논평하는 연습도 중요하지만, 결국 글을 잘 쓰기 위해서는 자신의 글을 객관화해서 스스로 평가하고 논평하는 연습이 필요하다.

1) 원 포인트 논평(요약 + 원 포인트 비판)

비판적 사고가 담긴 글을 분석하고 그것을 토대로 평가하는 작업은 복잡다단하다. 분석 항목들에 대해 각각 다양한 평가 항목이 적용된다. 충분하고 종합적인 논평을 위해서는 최대한 많은 항목에 대해 평가하고 그것을 토대로 논평문을 작성하는 것이 좋아 보인다. 하지만 우리는 초보적인 논평문 작성을 위해, 그리고 좀 더 실용적인 논평문 학습을 위해 글을 분석한 후 가장 흥미로운 평가 항목 하나만을 골라서 비평문을 작성하는 연습을 해보자.

다음의 논증을 살펴보자.

정치적인 혼란이 해소된다면, 우리나라 증시는 호황기에 접어들 것이다. 지금은 정치적으로 양극화된 상황이다. 모든 문제가 진영 논리에 빠져서 협의나 타협이 이뤄지기 힘들다. 또한 최근에는 여당과 야당이 서로를 대화의 상대로 인정하지 않는 분위기다. 이러한 분위기는 다음 선거까지 이어질 전망이다. 선거를 앞두고 각 정당이 각자 핵심 지지층의 집결을 원하기 때문이다. 따라서 정치적인 혼란이 해소될 일은 당분간 없을 것이다. 그러므로 우리나라 증시는 호황기에 접어들지 않을 것이다.

위 논증을 분석하면 다음과 같다.

핵심 근거 1 만약 정치적인 혼란이 해소된다면, 증시는 호황이 된다.

핵심 근거 2 정치적인 혼란이 해소되지 않는다.

주장 따라서 증시는 호황이 되지 않는다.

위의 글은 다양한 항목에 대해 평가할 수 있지만, 가장 눈에 띄는 평가 항목은 논증의 타당성이다. 왜냐하면, 가장 흥미로운 평가 항목은 가장 비판적으로 논평할 수 있는 항목이기 때문이다. 위 논증은 전형적인 전건 부정의 오류다. 즉, 타당성에 문제가 있다. 근거들이 모두 참이라고 해도 주장에 얼마든지 예외 상황이 발생할 수 있다. 정치적인 혼란이 해소되지 않아도 특정 대기업이 기술 혁신을 통해 독점적 지위를 얻거나 세계적으로 유동성이 커져서 외국 자본이 유입된다면 증시는 오를 수 있다.

원 포인트 논평문

요약	위 제시문은 한국의 정치적 혼란이 해소된다면 증시가 호황기에 접어들겠지만, 당분간 한국의 정치적인 혼란은 해소되지 않을 것이므로 증시도 호황을 누리기 힘들다고 주장한다.
논평	하지만 이러한 논증은 타당성이 없다. 왜냐하면, 필자의 예측이 모두 맞아서 한국의 정치적 혼란이 지속된다 해도 각종 외부적 상황에 힘입어 증시는 얼마든지 호황기로 접어들 가능성이 있기 때문이다.

짧은 글에 대한 간단한 논평문은 핵심적인 내용을 요약하고, 가장 흥미로운(비판적인) 논평 포인트 하나를 정해 서술하는 것이다. 물론 요약할 때는 논평의 포인트를 고려해 논평 항목에 관련된 분석 요소를 반드시 포함해야 한다. 가령, 논의의 폭에 대해 비판적인 논평을 하고자 한다면 요약할 때는 주장과 근거 외에 관점 역시 포함해야 한다.

예시 민주주의는 전 세계 거의 모든 나라에서 채택하고 있는 정치체제다. 사람들은 흔히 이러한 민주주의가 지고지순한, 우리가 선택할 수 있는 최선의 정치체제인 것처럼 생각하곤 한다. 하지만 인류의 역사를 살펴보건대, 결단코 민주주의는 보편적인 정치체제가 아니었으며 오히려 대중에게 국가의 운명을 맡기는 행태는 바람직하지 않은 것이었다. 또한 민주주의가 결코 바람직한 이념이 아니라는 결정적인 근거가 있다. 민주주의의 이념에 따르면 우리는 모든 것을 다수결의 원리에 따라야 한다. 아무리 뛰어난 소수의 의견이 있어도 그것은 당연히 묵살당해야 한다. 무엇이 옳은지 무엇이 그른지, 무엇이 참인지 무엇이 거짓인지 이 모든 것을 단지 다수결의 원리에 따라 결정하자는 민주주의는 인류 발전의 법칙과 전혀 맞지 않는 것이다. 따라서 민주주의는 결코 바람직한 정치체제가 될 수 없다.

원 포인트 논평

요약 + 논평	글쓴이는 민주주의가 모든 것에 대해 다수결의 원리를 강요하며 소수의 (올바른) 의견을 묵살하는 경향이 있음을 지적하면서 민주주의가 바람직한 정치 이념이 아님을 역설하고 있다. 하지만 이러한 논의는 필자가 민주주의의 원리에 대해 피상적 이해를 하고 있음을 보여줄 뿐이다. 민주주의는 소수의 의견을 묵살하지 않기 위해 토론과 숙의를 강조하며, 또 모든 것에 다수결의 원리를 강요하지도 않는다. 민주주의에 대한 깊이 있는 이해가 결여되어 있다.

※ 위 논평은 '수용 가능성' 항목에 대한 비평과 결이 비슷하다. 왜냐하면 "민주주의의 이념에 따르면 우리는 모든 것을 다수결의 원리에 따라야 한다"는 근거가 사실에 부합하지 않는다는 것을 지적하는 것과 일맥상통하기 때문이다. 다만 위 논평은 논의의 깊이를 지적한 것이기 때문에 민주주의에 대한 깊이 있는 이해, 통찰을 언급하면서 서술되었다.

2) 종합적 논평

　　간략한 한두 문단의 글은 원 포인트 논평으로 충분히 좋고 나쁨을 판단할 수 있다. 하지만 이보다 긴 분량의 글은 하나의 평가 항목만 지적하는 것으로는 불충분할 것이다. 긴 분량의 글들은 분석할 내용이 많고 복잡하다. 이에 따라 흥미로운 포인트도 여러 개 존재할 것이다. 이제부터는 비교적 긴 분량의 글을 읽고 종합적으로 분석하고, 종합적으로 논평하는 방식에 대해 연습해보자.

> **예시** 　우리가 중시해야 할 것은 토론의 자유다. 흔히 우리가 갖고 있는 의견이나 주장은 이성적·논리적 사고에 따라 치밀하게 논증된 것이 아니라 그 사회 대부분의 사람이 옳다고 생각하는 감정이나 여론, 습관에 따라 결정된 것일 가능성이 크다. 보통 사람들은 다수의 의사를 당연한 것, 즉 아무런 의심도 없이 자명하고 정당한 것으로 받아들인다. 하지만 이것은 인류의 착각일 뿐이다. 따라서 토론과 논증을 거치지 않은 견해가 있다면, 그것은 진리가 아니라 단지 독단일 수도 있다. 어떤 의견이든, 예를 들어 기독교를 믿는 국민이 갖는 신에 대한 절대적인 믿음조차 반대 의견을 경청하는 토론을 거침으로

써 그것이 진정한 진리라는 것을 입증할 수 있어야 한다. 우리는 모든 견해에 대해 그것이 절대적으로 옳다고 믿는 무오류성의 가정을 버리고 토론을 통해, 즉 갑론을박을 통해 그 견해에 대한 근거를 따져보고 그것의 진리 여부를 판단해야 한다. 토론을 거치지 않고 비판에 열려있지 않는 진리는 진정한 진리라고 말할 수 없다. 어떤 의견도 오류일 수 있다는 가능성을 인정해야 한다.

- J. S. Mill, 『자유론』 중에서

분석

주장:
문제:
명시적 근거:
핵심 개념:
목적:
맥락:
이론적 관점:
함축:

문제의 중요성:
주장의 명확성:
개념의 명료성:
논증의 타당성:
논증의 수용 가능성:
논의의 폭:
논의의 깊이:

논평문

※ 다음 글을 읽고 분석 및 논평문을 작성해보자.

1. 나는 결코 당신이 해석하신 대로 비범한 사람은 언제나 온갖 불법을 행하지 않으면 안 된다거나 그것을 범해야 한다고 주장한 것은 아닙니다. 나는 도리어 그런 의견은 허락될 수 없다고 생각합니다. 제가 암시한 것은 다만 비범한 사람은 권리를 가졌는데, 그 권리란 공적인 권리가 아니고 자기 양심을 뛰어넘어 어떤 장애를 넘어설 수 있다는 것을 말하는 것입니다. 다만 그것은 사상, 더구나 그 사상이 온 인류를 위한 구체적인 의의로서 요청될 때, 바로 그때에 한해서만 그 사상의 실천이 허용됩니다.

이제 자세히 설명하겠습니다. 당신도 원하실 테니까요. 그래서 내 생각으로는 만약 케플러나 뉴턴의 발견이 어느 과정을 거치지 않고서는, 예를 들어 한 사람, 열 사람, 백 사람, 혹은 그 이상의 사람들이 방해한다면, 그리고 이 많은 사람들의 생명을 희생시키지 않고서는 도저히 그 발견을 이룩하지 못할 때, 이런 경우 뉴턴의 자기 발견을 인류에게 보급하기 위해 그 방해자들을 해치울 권리가 있다는 겁니다. 아니, 그렇게 해야 할 의무가 있습니다.

물론 그렇다고 해서 뉴턴이 마음대로 사람을 죽이거나 시장을 찾아다니며 도둑질할 권리가 있다는 것은 아닙니다. 인류 역사상 건설자나 입법자를 보면 예부터 지금까지 리쿠르고스, 솔로몬, 모하메드, 나폴레옹 같은 사람은 모두 하나같이 새 법률을 반포하고 그 법률에 의해 종래 사회가 신봉해오던 구법을 파괴한 그 하나만으로도 범죄자인 것입니다. 그들은 자기를 위해 피를 흘리지 않으면 안 될 경우에 처하면 조금도 주저 않고 피를 흘리게 했습니다. 이렇게 보면 이제까지의 인류를 위한 건설자나 은인들은 모두 도살자들입니다. 이건 중요한 일입니다. 정도의 차이는 있지만 사람은 누구를 막론하고 위대한 점이 있거나 남보다 조금이라도 뛰어난 점이 있는 사람이라면, 아니, 좀 색다른 말이라도 할 줄 아는 사람이라면 누구든지 자기가 타고난 그 천성 때문에 범죄자가 되지 않을 수 없는 것입니다.

좀 더 자세히 분석해서 말씀드리면, 사람이란 자연 법칙에 의해 대개 두 가지 유형으로 분류할 수 있는데, 자기 자신과 같은 인간을 번식시키는 것 외에는 아무런 능력도 갖지 못한 저급한 인간, 즉 평범한 사람, 한마디로 말해 다만 물질에 지나지 않는 사람과 순수한 인간으로서 자신이 지닌 새로운 언어를 구사할 줄 아는 천분을 가진 사람들, 이렇게 둘로 나눌 수 있습니다. 더 세밀히 구분하면 끝이 없겠지만, 이 두 유형의 경계선은 매우 명확합니다. 제1유형, 즉 물질적인 부류는 대개 보수적이고 질서적이며 복종 생활을 영위할 뿐 아니라 오히려 복종적인 일을 달게 받아들이는 사람들입니다. 제 생각으로는 그들은 복종적이어야 할 의무를 지니고 있습니다. 그것이 그들의 천직이니까요. 틀림없이 그들은 그러한 생활이 조금도 불만스럽지 않을 것입니다.

이와 반대로 제2유형은 거의 법을 초월하는 사람들로서 스스로 가진 능력에 따라 파괴자나 그렇지 않으면 그런 경향을 갖게 마련입니다. 이들의 범죄는 상대적이며 여러 가지가 있겠지만, 어쨌든 그들의 대부분은 어떤 목적을 세워놓고 그 밑에서 현존하는 기존 질서를 파괴하려고 애씁니다. 만일 자기네들의 사상을 실현하기 위해 피를 보지 않으면 안 될 경우에 아마도 그들의 양심은 그 행동을 하도록 도와줄 것입니다. 물론 이것은 사상의 정도나 규모에 따라 차이가 있겠지요. 하지만 대중은 그들에게 그러한 권리가 있다는 것을 결코 인정하려 들지 않을 것입니다. 오히려 그들을 처벌하고 교살하기를 주저하지 않을 것이지요. 정도의 차이는 있겠지만 그렇게 함으로써 그들은 자기네들의 질서를 지킬 수 있을 것입니다. 그러나 다음 세대가 오면 그들 대중은 자기네들이 교살했던 범죄자들에 대해 기념비를 세우고 높은 단 위에 모셔놓고 배례를 함으로써 자기네들의 기존 질서로 삼을 것입니다.

– 도스토옙스키, 『죄와 벌』 중에서

요소별 분석

주장:
문제:

이유와 근거(숨겨진 이유 포함):

핵심 개념:

목적:

맥락:

관점(이론적 관점):

주장의 함축:

문제의 중요성:

주장의 명확성:
개념의 명료성:
논증의 타당성:
논증의 수용 가능성:
논의의 폭:
논의의 깊이:

논평문

2. 〔애니칼럼〕 내가 반려 아닌 '애완동물'을 주장하는 이유

지금까지 「동그람이」에 원고를 보낼 때 나는 꼬박꼬박 '애완동물'이라고 써 보냈는데, 편집진은 그때마다 꼬박꼬박 '반려동물'이라고 고쳤다. 실제 공개된 칼럼에는 '반려동물'이라고 나오지만 내 의도는 전혀 아니다. 그래서 이번 칼럼에는 왜 '반려동물'이 아니라 '애완동물'이라고 불러야 하는지 말하겠다.

애완동물의 사전적 의미

표준국어대사전에 따르면 애완동물은 "좋아하여 가까이 두고 귀여워하며 기르는 동물"이라는 뜻이다. '애완'의 '완(玩)'은 장난감을 뜻하는데, 애완동물은 우리가 장난감을 대하듯이 일방적인 소유 관계를 뜻한다.

이에 견주어 반려동물은 사전에서 "사람이 정서적으로 의지하고자 가까이 두고 기르는 동물"이라고 풀이하는 데서 알 수 있듯 동물을 인간과 대등한 존재로 보는 시각이 담겨있다. 우리가 남편이나 부인을 인생의 '반려자'라고 부르듯이 동물을 우리와 대등하게 함께 살아가는 존재라고 생각하는 것이다.

국어사전 풀이처럼 애완동물은 인간의 동물에 대한 일방적인 관계를 나타낸다. 실제로 동물뿐만 아니라 물품도 애완의 대상이다. 우리 법은 동물을 그런 식으로 다루고 있기는 하다. 우리나라 민법은 애완동물을 포함해 동물을 동산에 해당하는 물건으로 취급하고(제99조 제2항), 형법에서 동물은 재물에 해당하여 다른 사람의 동물을 학대하면 재물손괴죄(제366조)가 성립한다.

그렇지만 애완동물이라고 부른다고 해서 장난감을 다루듯이 필요하면 사고 싫증 나면 버리는 관계라고 생각하지는 않는다. 많은 사람은 동물에 대해 무엇인가 생명이 있는 대상으로 생각하기 때문에 단순한 물건 이상으로 여긴다. 아마 인간과 애완동물의 관계는 보호자-피보호자 관계가 정확할 것 같다. 어른이 어린이를 보호하듯이 주인은 동물을 보호한다고 생각하는 것이다. 부모가 자식의 친권이 있다고 해서 어린이의 권리를 무시하거나 학대해서는 안 되듯이 애완동물 주인이라고 해서 동물의 권리를 무시하고 함부로 해서는 안 된다고 생각한다. 우리의 법은 이런 생각을 반영해서 수정해야 한다.

'반려'라 하면 안 된다고 생각하는 이유

그러나 '반려동물'이라고 할 때는 애완동물을 단순히 보호자-피보호자 관계

이상으로 보는 생각이 반영되어 있다. 반려자처럼 가족으로 생각한다. 동물을 '기른다'고 하지 않고 '함께 산다'고 말한다. '반려동물'이라는 말이 미국에서 '흑인'을 '아프리카계 미국인'이라고 부르듯이 정치적으로 올바른 표현으로 의도된 것이라고 하면 문제는 안 된다.

하지만 나는 그 말은 인간과 동물의 관계를 정확하게 반영하지 못한다고 생각한다. 몇 가지 이유가 있는데, 이번 칼럼에서는 몇 년 전에 꽤 유명한 남초 사이트에서 논란이 된 게시물을 가지고 이야기해보려 한다.

어떤 사람이 "모르는 사람과 내 개가 같이 물에 빠졌을 때 개를 구하겠다"는 말을 듣고 충격을 받았다는 글을 쓰자, 거기에 대해 "나도 개부터 구하겠다"와 "충격이다"라는 댓글이 무수히 붙어 싸움이 난 적이 있었다.

아마 이 글을 읽는 반려인 중에서도 나도 개부터 구하겠다는 생각을 하는 사람이 많을 것 같다. 그런데 내가 묻는 것은 실제로 어떤 행동을 하겠느냐는 것이 아니라 어떤 행동이 도덕적으로 옳으냐는 것이다. 우리는 친숙함에 의한 감정이나 본능을 가지고 있지만 그런 감정이나 본능에 기초한 판단이 꼭 도덕적인 것은 아니다. 나와 가까운 친척, 고향 사람, 인종에 친근감을 느끼는 것은 자연스러운 감정이지만 그것에 끌려 어떤 결정을 내릴 때는 연고주의나 정실주의라고 비난받는다.

그렇다면 친근감이라는 자연적 감정을 배제하고 '이성적으로' 모르는 사람과 내 개 중 누구를 구해야 '도덕적'인지 생각해보자. 동물윤리학자 중 동물의 침해할 수 없는 권리를 가장 강력하게 인정하는 톰 리건마저 정원을 초과한 구명정 상황에서 사람을 구하기 위해서는 개를 버려야 한다고 주장한다. 설령 그때 사람은 네 명에 불과하고 개는 100만 마리라고 해도 마찬가지라고 말한다. 개가 침해할 수 없는 권리를 가지고 있는 것은 분명하지만 그 권리는 인간의 권리와 견줄 수 없다고 생각하기 때문이다.

상황을 약간 바꿔 이번에는 입양아와 애완동물 중에서 한쪽만 치료해야 한다면 누구를 먼저 치료할 것인지 자문해보자. 아마 반려인이라고 하더라도 입양아와 애완동물 중에서 그래도 입양아를 먼저 치료해야 한다고 생각할 것이고, 모르는 사람과 애완동물 중 마음은 애완동물에 끌리더라도 사람을 먼저 구해야 한다고 생각할 것이다. 그 반대로 행동할 때 사람들은 도덕적인 비난을 할 것이고 반려인도 그런 비난을 의식할 것이다. 사람들의 비난이 꼭 옳다는 것은 아니다. 사람들의 도덕적 직관이 그렇다는 것이다. 그리고 이성적인 도덕 판단도 그런 식으로 결론이 나온다.

　이런 직관과 도덕적 추론을 종합해볼 때 반려동물이라고 부르는 것은 적절치 못하다. 우리는 물에 빠진 사람이나 치료를 받아야 하는 사람이 반려인이라면 그런 식으로 행동하지 않기 때문이다. 반려의 대상이라면 그에 걸맞은 대우를 해줘야 하는데 그렇지 못하는 것이다. 반려는 동물에 적절한 용어가 아니다.

- 최훈, 「〔애니칼럼〕내가 반려 아닌 '애완동물'을 주장하는 이유」 중에서

분석

주장:
문제:
이유와 근거(숨겨진 이유 포함):
핵심 개념:
목적:

맥락:
관점(이론적 관점):
주장의 함축:

문제의 중요성:
주장의 명확성:
개념의 명료성:
논증의 타당성:
논증의 수용 가능성:

논의의 폭:

논의의 깊이:

논평문

3부 ^부

나의 생각 글쓰기

1장
연구(글쓰기)윤리

대학에서의 연구 활동은 지식 생산의 필수 활동이다. 그러나 연구 활동이 그 가치를 제대로 발휘하기 위해서는 반드시 연구윤리라는 굳건한 기반 위에 서 있어야 한다. 연구윤리는 연구의 전 과정에서 지켜져야 할 도덕적 원칙과 행동 규범을 의미하며, 연구의 진실성, 객관성, 공정성, 책임성을 확립하는 데 중요한 역할을 한다. 연구 활동의 결과물은 학술적 글쓰기를 통해 논문의 형태로 나타나기도 하지만, 대학에서 생산되는 모든 보고서도 연구 활동의 결과물이다. 따라서 글쓰기 윤리는 연구윤리의 핵심이다.

글쓰기는 단순히 정보를 전달하는 것을 넘어, 우리의 사유와 연구 결과로 산출된 지식을 전달하는 핵심 수단이다. 그만큼 글쓰기에는 윤리적인 책임이 따른다. 글쓰기 윤리는 진실성, 책임감, 그리고 존중이라는 세 가지 핵심 가치를 바탕으로 한다. 표절 같은 글쓰기 윤리 위반은 개인의 명예를 훼손하는 것은 물론, 사회 전체에 부정적인 영향을 미칠 수 있다. 이제부터 다소 지루하지만 표절 시비로부터 글쓴이 자신을 보호할 수 있는 인용 및 참조 방식에 대해 배워보자.

1) 표절이란

저자가 쓴 표현의 기원(originality)이 저자가 아닌 제3자에게 있음에도 저자에게 있는 것으로 독자들이 오해할 여지가 있으면 표절이다. 따라서 표절의 시비로부터 자신을 보호하기 위해서는 오해의 소지가 없도록 글을 써야 한다. 인용을 철저하게 하는 것은 표절 시비로부터 자신을 보호하는 것이다. 다른 사람의 생각, 표현 등을 인용하거나 참조하여 글을 쓸 때는 반드시 주석(note)를 통해 출처를 밝혀야 한다.

표절에 대한 형식적이고 절차적인 기준은 존재한다. 하지만 여기서는 표절의 실질적이고 내재적인 기준을 살펴보는 것이 더 좋을 것이다.

표절은 독자가 글을 읽을 때, 어떤 부분에 대해 그곳에 나타난 사상, 생각, 표현, 이론, 자료 등이 필자에게 기원이 있지 않음에도 필자에게 기원이 있는 것처럼 오해할 여지가 있도록 쓰였을 때 발생한다. 즉, 필자가 고의로 다른 사람의 사상과 아이디어를 훔쳐 와 자기 것인 양 쓴 것은 물론이거니와 의도치 않게 오해의 소지가 있도록 모호하게 쓴 것 또한 표절이라는 것이다.

물론 피타고라스의 정리를 인용하면서 그 출처(기원)를 고대 그리스의 수학자 피타고라스라고 명시하지 않았다고 해서 표절 시비에 걸리지는 않는다. 왜냐하면 앞서 말한 바와 같이 독자들이 피타고라스의 정리가 글쓴이(필자)에게 기원이 있다고 생각하지는 않을 것이기 때문이다. 우리가 여기서 고려하는 독자는 일반적인 수준의 상식을 갖춘 독자들이다. 그럼에도 인용 및 참조된 것을 주석을 통해 밝혀서 문제가 되는 경우는 없다. 피타고라스의 정리같이 누구나 아는 것을 주석으로 출처를 밝힌다 해도 문제가 될 것은 없다. 문제가 되는 것은 인용 및 참조된 것을 명시적으로 출처를 밝히지 않았을 때다. 많은 사람이 글을 쓰면서 인용된 부분이 너무 많아 주석이 많이 달리는 것을 부담스러워한다. '혹시 나의 글이 너무 다른 사람들의 생각을 따오기만 하는 독창성 없는 글로 보이면 어떡하지…?' 하지만 이러한 고민은 쓸데없다. 다시 말하지만, 너무 정직해서 출처를 많이 밝히는 것은 아무런 문제가 되지 않는다. 문제는 지적 정직성을 훼손하는 출처의 생략이다.

2) 인용하는 방법

우리는 오로지 자기 생각만으로 글을 쓸 수 없다. 다른 사람의 생각, 표현 등을 인용하여 내 글에 가져와서 쓰는 경우가 많을 수밖에 없다. 이때 주의해야 하는 것이 표절이다. 인용의 원칙을 지키면서 다른 사람의 글과 생각을 사용한다면 아무런 문제가 되지 않는다. 오히려 다른 사람들의 좋은 의견들을 내 글에 담아내서 더 나은 진보를 이룰 수 있다면 그것이야말로 최상의 결과일 것이다.

글쓰기의 글감이 주어지면 우선 주제에 대한 파악 및 관련 자료 수집을 해야 한다. 자기 생각만으로 훌륭한 글을 쓰는 것은 불가능에 가깝기 때문에 되도록 많은 자료를 수집하고 공부하는 것이 좋다. 물론 무턱대고 기계적으로 인용만 해서는 좋은 글이 만들어지지 않는다. 본인의 생각을 바탕으로 인용한 자료, 참조한 자료를 가공·발전시킬 수 있어야 한다. 하지만 인용, 참조한 원전(original text)에 대해 출처를 명시하는 것을 잊지 말아야 한다. 출처는 ① 주석을 통해 밝히며, ② 참고문헌 목록을 통해 명시한다. 주석의 번호는 인용이 끝나는 부분(구절의 끝이나 문장의 끝)에 붙이며 정해진 규격, 양식을 반드시 지켜야 한다. 그렇게 해야만 독자들이 원전을 확인하고자 할 때 쉽고 정확하게 찾아볼 수 있다.

인용의 원리

출처의 명시	어느 원전에서 글, 아이디어를 인용했는지 명확히 밝혀야 한다. 또한 출처의 표기 방식을 정해진 양식에 맞춰 정확히 기재해야 하며, 참고문헌 목록에도 밝혀두어야 한다.
정확성	원문의 내용을 정확히 인용해야 한다. 내용을 임의적으로 왜곡·변형하면 안 된다. (간접인용이라 해도 본뜻을 아전인수격으로 왜곡해서는 안 된다.) 원전의 내용이 기억이 잘 나지 않는다면 무리해서 인용하지 말아야 한다.
효과성	인용은 자신의 주장을 더욱 믿음직하게 전달하는 수단이다. 인용한다고 해서 설득력이 떨어지는 것이 아니라 오히려 전문성 강화 및 설득력이 증가한다. 주제와 관련된 전문적이고 권위를 갖춘 잘 선별된 인용은 본인의 의견을 독자들에게 더 효과적으로 전달할 수 있게 한다.

3) 인용의 종류

● 직접인용

직접인용은 인용하고자 하는 표현을 원저작물에서 아무것도 바꾸지 않고 그대로 따와서 인용한다. 그대로 복사해서 붙여넣기를 하는 부분이 어떠하냐에 따라 세 가지로 구분된다.

〈원문〉

　동포 여러분! 나 김구의 소원은 이것 하나밖에는 없다. 내 과거의 70 평생을 이 소원을 위해 살아왔고, 현재에도 이 소원 때문에 살고 있고, 미래에도 나는 이 소원을 달(達)하려고 살 것이다. 독립이 없는 백성으로 70 평생에 설움과 부끄러움과 애탐을 받은 나에게는 세상에 가장 좋은 것이 완전하게 자주 독립한 나라의 백성으로 살아보다가 죽는 일이다. 나는 일찍이 우리 독립 정부의 문지기가 되기를 원하였거니와, 그것은 우리나라가 독립국만 되면 나는 그 나라의 가장 미천한 자가 되어도 좋다는 뜻이다. 왜 그런고 하면, 독립한 제 나라의 빈천이 남의 밑에 사는 부귀보다 기쁘고 영광스럽고 희망이 많기 때문이다.

- 김구, 『백범일지』, "나의 소원" 중에서

① 구절 인용

원저작의 단어나 단어들로 이뤄진 구절을 직접 따오고 주석으로 출처를 명시한다. 이때 원저작의 표현은 반드시 큰따옴표(" ")로 묶어준다.

　김구 선생은 그의 『백범일지』에서 자신의 소원에 대해 말하면서 "독립한 제 나라의 빈천이"[1] 남의 나라 밑에서 호의호식하는 것보다 낫다고 말했다. 이와 같이 김구 선생은 나라의 독립과 그 독립국에서 살아보고자 하는 것을 그 무엇보다 간절히 소망하였다.

1) 김구, 『백범일지』, ○○출판사, 1989, 134쪽.

② 문장 인용

원저작의 문장을 직접 따오고 주석으로 출처를 명시한다. 이때 원저작의 문장은 반드시 큰따옴표(" ")로 묶어준다.

김구 선생은 그의 『백범일지』에서 자신은 독립한 나라의 가장 미천한 자가 되어도 좋다고 말하면서 "독립한 제 나라의 빈천이 남의 밑에 사는 부귀보다 기쁘고 영광스럽고 희망이 많기 때문이다"[1]라고 말했다. 이와 같이 김구 선생은 나라의 독립과 그 독립국에서 살아보고자 하는 것을 그 무엇보다 간절히 소망하였다.

1) 김구, 『백범일지』, ○○출판사, 1989, 134쪽.

③ 문단 인용

직접 인용하고자 하는 부분이 길거나 문단일 경우 사용하는 방식이다. 원저작의 인용 부분을 한 줄 비우고 좌우 들여쓰기를 한 상태에서 표기한다. 큰따옴표로 묶지 않고, 인용이 끝나면 다시 한 줄 비우고 본문을 쓰기 시작한다. 필요에 따라 전략, 중략, 후략 등을 사용할 수 있다.

김구 선생은 그의 『백범일지』에서 다음과 같이 자신의 꿈에 대한 소신을 밝힌 바 있다.

　… 독립이 없는 백성으로 70 평생에 설움과 부끄러움과 애탐을 받은 나에게는 세상에 가장 좋은 것이 완전하게 자주 독립한 나라의 백성으로 살아보다가 죽는 일이다. 나는 일찍이 우리 독립 정부의 문지기가 되기를 원하였거니와, 그것은 우리나라가 독립국만 되면 나는 그 나라의 가장 미천한 자가 되어

도 좋다는 뜻이다. 왜 그런고 하면, 독립한 제 나라의 빈천이 남의 밑에 사는 부귀보다 기쁘고 영광스럽고 희망이 많기 때문이다.[1]

이와 같이 김구 선생은 나라의 독립과 그 독립국에서 살아보고자 하는 것을 그 무엇보다 간절히 소망하였다.

---

1) 김구, 『백범일지』, ○○출판사, 1989, 134쪽.

● 간접인용

간접인용은 출처를 표기하지 않을 때 더 심각한 표절로 판단된다. 간접인용은 직접인용과 달리 반드시 자기 언어로 바꿔서 서술해야 한다. 인용 및 참조할 자료를 보면서 쓰지 말고 참조한 내용을 완전히 이해한 후에 글쓴이 자신이 이해한 바를 바탕으로 글의 맥락에 맞춰서 자연스럽게 써야 한다.

김구는 자신의 소원은 독립국의 국민이 되어 정부 청사의 문지기가 되는 것이라고 밝힌 바 있다. 그야말로 가장 미천하고 가난한 자가 되어도 좋으니 독립된 나라에서 주체적이고 자주적으로 자신의 삶을 영위하고 싶어 했다.[1] 우리는 이러한 그의 애국심과 동포 사랑의 정신을 본받아 대한민국의 바람직한 민주 시민으로 성장해야 한다.

---

1) 김구, 『백범일지』, ○○출판사, 1989, 134쪽.

4) 주석(note)의 종류와 외각주 작성법

● **주석의 종류**

목적에 따라 구분

① 참조주: 출처를 표기할 때 사용된다.

② 내용주: 본문의 내용을 보충하는 주석

형식에 따라 구분

① 내주: 본문 안에 작성. 즉, 본문의 중간중간에 달린다.

② 외주: 본문 밖에 작성. 본문의 하단에 달리면 각주(foot-note), 본문의 맨 끝(맨 뒷장)에 달리면 미주(end-note)

● **외각주 작성법**

　참고한 자료나 인용한 문구가 있을 경우 당연히 그 출처를 명시적으로 밝혀서 독자로 하여금 오해하지 않게 해야 한다. 그리고 이렇게 명시적으로 출처를 밝힐 때 가장 많이 이용하는 주석의 종류가 바로 외각주(foot-note)다. 외각주의 작성 규정은 여러 가지가 있다. 본 교재에 나와 있는 양식 하나만 정답인 것이 아니다. 하지만 그렇다고 아무렇게나 자의적으로 외각주를 작성해서는 안 된다. 신입사원이 회사마다 정해진 서류 양식이 다르다고 해서 본인 회사의 서류 양식을 임의대로 변경하면 안 되는 것과 같은 이치다. 이제 가장 기본이 되는 외각주 작성법을 알아보자.

> **저서(단행본)**

① **국내(동양어) 저서 작성법(번역서 포함)**

> 저자명, 『저서명』, 출판사명, 출판연도, 인용 면수.

예시	홍길동, 『아버지를 부르는 방법』, 길동출판사, 2025, 123면.
	에바 그린, 『연기를 잘 하는 방법』, 홍길동 역, 길동출판사, 2021, 123-125쪽.

– '면' 대신 '쪽'을 써도 무방하다.
– 출판연도는 아라비아 숫자만 쓴다. 예: 1998(○), 1998년(×)
– 인용 면수를 생략해서는 안 된다.

② 영어(서양어) 저서 작성법

저자명(성, 이름 순서), *저서명(이탤릭체)*, 출판사 주소지: 출판사, 출판연도, 인용 면수.

예시	Cruise, Tom, *How to complete mission impossible*, London: MI6 Press, 2012, p. 123.
	Cruise, T., *How to complete mission impossible*, London: MI6 Press, 2012, pp. 123-124.

– 서양어권 저자 이름의 경우 한국식 성, 이름 순으로 쓴다는 점에 유의하자.
– 서양어권의 경우 이탤릭체로 쓰인 것은 출판물을 의미한다.
– 한 쪽의 경우에는 p., 여러 쪽에 걸쳐 있는 경우에는 pp.로 표기한다.
– 미들네임이 존재할 경우에는 성, 퍼스트네임, 니들네임 순서로 하되 퍼스트
  네임과 미들네임은 구두점을 찍고 줄여서 쓰는 것이 좋다.

예시	Tom Paul Cruise가 단행본의 저자일 경우
	Cruise, T. P., *How to complete mission impossible*, London: MI6 Press, 2012, pp. 123-124.

– 서양어권 출판사의 경우 출판사 '소재지: 출판사 이름'과 같이 출판사가 위
  치한 도시를 함께 적는 것을 잊지 말자.

논문

① 학술저널 논문

– 한국어(동양어)

> 논문 저자 이름(성 이름), 「논문 제목」, 『학술지 이름』 권호수, 학술단체 이름,
> 출판 연월, 인용 면수.

예시 이나영, 「한국 광고에 미치는 유튜브의 영향」, 『한국광고학회지』 7권 2호,
한국광고학회, 2019. 3, 123면.

– 영어(서양어)

> 논문 저자 이름(성, 이름 순), "논문 제목", 학술지 *이름 권호수*, 학술단체 이름,
> 출판 연월, 인용 페이지 수.

예시 Sosa, E., "Justification of Belief," *Philosophical Quarterly vol. 7*, American
Philosophy Association, 2001. 3, p. 34.

② 국내 학위논문

> 저자명, 「논문 제목」, 학위 수여 대학과 학위 종류, 발간연도, 인용 면수(쪽수).

예시 전지현, 「별에서 온 사람은 외계인인가」, ○○대학교 석사논문, 2020, 321면.

정기간행물

> 기사 작성자 이름, 「기사 제목/글 제목」, 『발행사 이름』, 출간 년. 월. 일.

– 매일 정기 간행: 일간지(신문) → 년. 월. 일.

– 매주: 주간지(시사저널) → 년. 월. 일.

– 매달: 월간지(잡지) → 년. 월.

– 매 계절: 계간지(학술잡지) → 년. 월.

※ 위 내용은 인터넷 매체 정기간행물 인용에도 동일하게 적용됨.

예시   손흥만, 「축구협회 회장 선거 소식」, 『○○신문』, 2024. 10. 11.

온라인 자료

작성자 이름, 「콘텐츠 이름」, 『매체명』, 콘텐츠 작성 년. 월. 일, 〈인터넷 주소〉, 접속 년. 월. 일.

① 온라인 신문 기사

예시   진달래, 「올봄 개화 소식」, 『○○일보』, 2025. 02. 24, 〈http://www.koreaes.com/news/articleView.html?idno=3608〉, 2025. 03. 02.

② 블로그

예시   도깨비, 「간단한 코딩 방법」, 『도깨비의 코딩교육』, 2021. 12. 23, 〈http://www.koreaes.com/news/articleView.html?idno=3608〉, 2025. 02. 28.

– 온라인 매체의 특성상 관련 정보 중 일부가 누락되어 있는 경우가 있다. 이
럴 경우에는 당황하지 말고 확인된 정보만 위 양식에 맞춰 적으면 된다.
– 작성 년. 월. 일(시간, 분은 쓰지 않는다)과 접속 년. 월. 일은 정보가 확인된다면
꼭 구분하여 두 개 모두 기입해야 한다. 작성 년. 월. 일은 접속한 순간을 기
준으로 가장 최근 수정(업데이트)된 년. 월. 일을 기입한다.
– 온라인 자료는 특별한 경우가 아니면 주 자료로 사용하지 않는 것이 좋다.
가급적 신뢰할 수 있는 원천에서 인용해 글의 신뢰도를 높이는 것이 좋다.

온라인 사전류

"검색어", 사전 이름, 접속 년. 월. 일, 〈인터넷 주소〉.

예시   "파이어족", 네이버사전, 2021. 11. 24., 〈http://www.ddd.fff〉

5) 참고문헌

보고서(논문, 에세이)의 맨 뒤에 (마지막 페이지를 따로 만들고) 인용·참고한 자료들을 일목요연하게 별도 일람표를 만들어 붙여놓는다. 외각주만 달고 참고문헌은 작성하지 않는 경우가 많은데, 이는 바람직하지 않다.

참고문헌 작성 요령

① 참고문헌은 글이 끝난 위치에서 바로 이어 만들지 않고 새 페이지를 열고 따로 만든다.

② 국내 자료, 국외 자료, 온라인 자료 순으로 크게 나누고 항목별로 한글 자료는 가나다 올림차 순, 서양어는 알파벳 올림차 순으로 기입한다(자료의 맨 앞 글자 기준).

③ 국외 자료의 경우, 동양어(일본어/중국어) 자료가 있을 경우 동양어 자료를 먼저 순서대로 기입하고 나중에 알파벳으로 작성된 국외 자료를 기입한다.

④ 한국어로 번역된 자료의 경우 저자 이름이 한글로 되어 있으면 국내 자료로 분류하고, 저자 이름이 한글 외의 언어로 되어 있으면 국외 자료로 분류한다.

⑤ 저서나 논문의 경우 외각주에는 인용 면(쪽)수를 반드시 적어야 하지만, 참고문헌에는 인용 면수(페이지 수)를 쓰지 않는다. 대신 논문의 경우 반드시 학술저널에 논문이 수록된 전체 면수를 기입해야 한다. 예: 이나영, 「한국 광고에 미치는 유튜브의 영향」, 『한국광고학회지』 11권 1호, 한국광고학회, 2019. 3, 26-55면. 26-55면이 논문이 수록된 전체 면(쪽)수다.

※ 외각주 및 참고문헌 공통 주의 사항

- 저자가 2~3인이면 가운뎃점(·) 찍고 병렬함(서양어의 경우 "and" 사용).

　예 홍길동·이나영·박지원, 『아버지를 부르는 방법』, 길동출판사, 2025, 123면.

- 저자가 4인 이상일 경우

　예 홍길동 외, 『아버지를 부르는 방법』, 길동출판사, 2025, 123면.

- '면' 대신 '쪽'을 써도 무방함.

참고문헌

국내 자료

노홍철, 「무한도전 재결합?」, 『경향신문』, 2020. 3. 21.

박재상, 「강남스타일」, ○○출판사, 2018.

이나영, 「한국 광고에 미치는 유튜브의 영향」, 『한국광고학회지』 11권 1호, 한국광고학회, 2019. 3, 26-55면.

임나연, 『노래를 잘 부르는 방법』, JYP출판사, 2017.

전지현, 「지리산에서 살아남기」, 울산대학교 석사논문, 2020.

국외 자료

Cruise, T., *How to do Mission Impossible*, London Press, 2012.

Sosa, E., "Justification of Belief," *Philosophical Quarterly*, American Philosophy Association, 2001. 3. pp. 123-145.

온라인 자료

양길성, 「"믿을 수가 없네요" 백화점이 모시던 밀탑빙수에 무슨 일이…」, 『한국경제』, 2021. 12. 06, 〈https://www.hankyung.com/finance/article/2021120565661〉, 2021. 12. 06.

최희진, 「"계약해지도 고려"… '선 넘은' 조송화, 돌아갈 길 없다」, 『스포츠경향』, 2021. 11. 24, 〈https://sports.khan.co.kr/sports/sk_index.html?art_id=202111240911003&sec_id=530401#csidxee613f4dc8b13b29a39e08070579387〉, 2021. 11. 24.홍길동, 「요즘 학생들 너무 공부 안 해」, 『네이버 블로그(다음 카페)』, 네이버, 2020. 10. 1, 〈https://www.avcds.com/12352〉, 2022. 10. 11.

"파이어족", 네이버사전, 2021. 11. 24., 〈http://=www.xjjkxvcjksjksdj〉

2장
단어, 문장, 문단

단어들이 모여 문장을 이루고, 문장들이 모여 문단을 이룬다. 그리고 한 권의 책은 보통 문단들이 모인 목, 목들이 모인 항, 항들이 모인 절, 절들이 모인 장, 그리고 장들이 모인 부로 구성된다. 본 교재 역시 그러한 구성을 갖추고 있다. 여기서는 의미의 가장 작은 단위인 단어부터 시작한다. 좋은 글은 결국 좋은 재료들로 만들어진 집과 같다. 벽돌 하나하나 제대로 쌓아 올려야 건실하고 아름다운 집이 완공될 것이다.

단어 → 문장 → 문단 → 절 section → 장 chapter

1) 단어

글을 전문적으로 쓰는 사람들에게는 '일물일언(一物一言)'의 원칙이라는 것이 있다. 하나의 대상이나 사건에 딱 들어맞는 언어 표현은 오직 1개뿐이라는 뜻이다. 대다수 사람은 글을 대충 쓰는 경향이 있다. 자신의 심리 상태를 표현할 때도 단지 '우울하다' 정도로 대충 쓰고 만다. 하지만 곰곰이 생각해보면 심리 상태는 '침울하다', '슬프다', '멜랑콜리하다', '비통하다', '암울하다', '외롭다' 등 비슷하지만 다른 많은 표현이 있다. 지금의 나의 심리 상태를 적합하게 표현하는 언어는 단 1개만 있을 뿐이다. 물론 우리가 전업작가처럼 단어 하나하나와 씨름하며 긴 밤을 지새울 수는 없다. 하지만 최소한의 노력은 기울여야 명료하게 사고를 표현할 수 있으며, 그렇게 해야 다시 우리의 사고력 자체도 정교해진다.

① 한국어도 사전을 자주 찾아본다.
② 표준어 어문 규정을 정확히 확인한다. 워드 프로그램에 자동 맞춤법 검사 기능이 있다. 이것을 적절히 활용하는 것이 도움이 된다.
③ 신조어, 외래어 등을 쓸 때는 각별히 유의한다. 최근 대학의 보고서에서 학생들이 신조어를 남용하거나 외래어를 표준어 규정에 맞지 않게 사용하는 경우가 많다. 공적인 글을 쓸 때 이러한 태도는 좋지 않다.
④ 글의 목적과 독자를 고려하여 단어를 선택한다. 학술적인 글이라면 그에 맞는 엄밀한 의미의 단어를 사용하고, 독자의 지적 수준을 고려하여 적절한 난이도의 단어를 선택할 수 있어야 한다.
⑤ 정확하고 명확한 단어를 사용한다. 가령, 법을 '제정하다/폐지하다'라는 표현이 법을 '만들다/해지하다'라는 표현보다 더 어울리고 의미도 정확하다.
⑥ 다양한 어휘를 사용한다. 같은 단어를 반복적으로 사용하지 않는 것이 좋다. 하지만 핵심 개념어라면 동일하게 사용하는 것이 좋다.
⑦ 문맥을 고려하여 단어를 선택한다.
⑧ 퇴고 과정에서 한 번 더 단어가 적절한지 검토한다.

글을 쓸 때, 적절한 단어 선택은 글의 질(quality)을 높이고 독자에게 전달하고자 하는 메시지를 명확하게 전달하는 데 중요한 역할을 한다. 마치 그림을 그릴 때 색깔을 선택하는 것과 같다고 할 수 있다. 어떤 단어를 사용하느냐에 따라 글의 분위기, 어조, 의미도 달라진다.

2) 문장

　　문장은 간결하게 써야 한다. 주어부터 술어까지 길게 늘어뜨려놓은 문장은 결국 문장 호흡이 너무 길기 때문에 주어-술어 호응이 깨지기 쉽다. 주어-술어 호응이 안 되면 비문이 되어 문법적으로 틀린 문장이 되고 만다. 좋은 문장은 글의 품격을 높이고 독자의 이해를 돕는 중요한 요소다. 문장을 잘 쓰기 위한 몇 가지 팁을 알아보자.

① 명확하고 간결하게 쓰기
- 한 문장에 하나의 핵심 내용: 한 문장에 너무 많은 정보를 담으려고 하면 문장이 길어지고 복잡해져 독자가 이해하기 어려워진다. 한 문장에는 하나의 핵심 내용만 담아 명확하게 전달하는 것이 좋다.
- 불필요한 수식어 줄이기: '매우', '정말', '아주'와 같이 의미를 강조하는 부사는 적절히 사용해야 한다. 과도한 수식어는 문장을 장황하게 만들고 의미를 흐릴 수 있다.
- 간결한 표현: 짧고 간결한 문장은 독자가 내용을 빠르게 이해하도록 돕는다.

② 정확한 단어 사용하기
- 단어의 뜻: 단어의 정확한 의미를 알고 사용해야 한다. 비슷한 의미를 가진 단어라도 뉘앙스가 다를 수 있으므로 문맥에 맞는 단어를 선택해야 한다.
- 주어와 서술어의 일치: 문장의 주어와 서술어는 수와 인칭이 일치해야 한다.
- 시제 일치: 문장의 시제는 글 전체에서 일관성을 유지해야 한다.

③ 다양한 문장 구조 활용하기
- 단문, 중문, 복문: 단문, 중문, 복문 등 다양한 문장 구조를 활용하여 글에 리듬감을 부여할 수 있다.
- 문장 성분의 순서: 주어-목적어-서술어의 일반적인 순서뿐만 아니라, 강조하고 싶은 내용을 앞에 배치하는 등 다양한 순서를 활용할 수 있다.
- 능동태와 수동태: 능동태는 문장을 명확하고 간결하게 만들고, 수동태는 행

위의 대상을 강조할 때 유용하다. 하지만 가급적 문장의 의미가 명료해지는 능동태를 기본으로 사용해야 한다. 또한 어문 규정상 사동형이 부적절한 경우가 많으니 정확하게 모른다면 반드시 인터넷 자료 등을 통해 확인하고 써야 한다. 예: 머리가 벗어졌다(○), 머리가 벗겨졌다(×) // 내 친구를 소개할게(○), 소개시켜줄게(×)

④ 논리적인 흐름 유지하기
- 문장 연결: 접속사, 지시어, 대명사 등을 활용하여 문장들을 자연스럽게 연결해야 한다.

⑤ 문장 부호
- 쉼표, 마침표, 물음표, 느낌표 등 문장 부호를 정확하게 사용해야 한다.

3) 문단

하늘에 태양이 하나이듯 하나의 문단에는 하나의 핵심 문장만 존재해야 한다. 하나의 문단에는 핵심 문장이 위치하는 곳을 기준으로 두괄식, 미괄식, 중괄식, 양괄식 등 다양한 형식이 존재한다. 중요한 것은 의미를 기준으로 핵심 문장이 하나만 존재해야 하며, 그 외의 문장들은 핵심 문장을 중심으로 유기적인 관계를 맺고

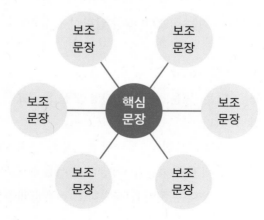

있어야 한다. 통상적으로 하나의 문단은 5~7개의 문장으로 되어 있다. 하지만 분량을 기준으로 문단을 나누면 안 된다. 하나의 핵심 문장을 중심으로 완결적인 내용이 들어있다면 분량이 짧거나 길어도 하나의 문단으로 작성해야 한다.

문단 형성의 원리

문단 쓰기는 생각을 효과적으로 전달하기 위한 글쓰기의 기본 단위다. 좋은 문단은 독자가 글의 흐름을 쉽게 파악하고 내용을 정확하게 이해하도록 돕는다. 문단 쓰기의 주요 원리를 살펴보자.

① 통일성(unity)

한 문단 안에서는 하나의 소주제만 다룬다. 문단의 모든 문장(보조 문장)은 핵심 문장을 뒷받침하거나 핵심 문장의 개념어를 설명하거나 핵심 문장의 내용을 설명하는 역할을 해야 한다. 즉, 핵심 문장의 주제와 관련 없는 내용을 다루면 안 된다. 핵심 문장은 문단의 중심 내용을 명확하게 제시하기 때문에 맨 앞이나 맨 뒤에 오는 경향이 있다.

② 완결성(completeness)

주제를 충분히 설명하고 뒷받침할 수 있는 내용을 담아야 한다. 핵심 문장만으로는 완전한 문단이 될 수 없다. 보조 문장들은 주제문을 뒷받침하는 구체적인 정보, 예시, 설명 등을 제공한다. 문단의 내용이 너무 길어진다면 핵심 문장을 2개로 만들어서 문단을 나누어야 한다. 단지 길다는 이유만으로 문단을 임의로 잘라서는 안 된다.

③ 일관성(coherence)

문장들이 논리적인 순서로 연결되어야 한다. 시간 순서, 공간 순서, 중요도 순서 등 다양한 방법을 활용하여 문장들을 자연스럽게 연결한다. 지시어, 접속어, 반복어 등을 사용하여 문장 간의 관계를 명확하게 드러내는 것이 좋다.

④ 응집성(cohesion)

문장 내부 요소들과 문장들 사이의 의미적 연결을 강화해야 한다. 대명사, 동의어, 유의어 등을 사용하여 문장들을 긴밀하게 연결한다. 반복, 대조, 열거 등의 수사법을 활용하여 문맥을 강화한다.

문단 전개 방식

- 두괄식: 주제문을 문단의 처음에 제시하는 방식(독자에게 명확한 주제 제시)
- 미괄식: 주제문을 문단의 끝에 제시하는 방식(독자의 흥미 유발)
- 양괄식: 주제문을 문단의 처음과 끝에 제시하는 방식(주제 강조)
- 중괄식: 주제문을 문단의 중간에 제시하는 방식(주제에 대한 단계적 접근)

4) 간단한 문단 작성* 연습

자신의 생각을 담는 에세이 작성에서 가장 중요한 부분은 자신의 핵심 논증을 만드는 작업이다. 간단한 구조로 이러한 논증을 하나의 문단으로 만들 수 있다. 하나의 주장에 여러 개의 핵심 근거가 필요하다면 이러한 기본구조로 만든 문단을 여러 개 나열하는 방식으로 쉽게 긴 분량의 논증을 만들 수 있다.

● 문단의 기본구조

주장(opinion)	영철이는 나쁜 아이다.
이유(reason)	왜냐하면 철수를 아무런 이유도 없이 괴롭히기 때문이다.
예시(example)	지난 체육 시간에도 아무런 이유 없이 철수를 발로 찼다.
주장(재강조, opinion)	영철이는 정말 나쁜 아이가 틀림없다.

---

* 오레오(oreo) 글쓰기는 다음 논문을 참조했다. 이재훈, 「오레오 글쓰기 교과의 효과적 수업 프 로그램 방안 연구」, 『인문사회 21』 12(1), 인문사회 21, 2021. 01.

다음의 주제 중 하나를 선택하여 논증의 기본구조로 한 문단을 작성해보자.

사회적 불평등, 지구온난화, 인공지능, 성선설(성악설), 예술가의 윤리적 책임

주장:	
이유:	
예시:	
주장(재강조):	

● **기본구조의 나열**(여러 문단 나열하기)

하나의 주장에는 여러 개의 핵심 근거들이 필요한 경우가 많다. 그리고 핵심 근거들 또한 자신을 지지해주는 세부 근거들을 필요로 한다. 앞서 배운 기본구조를 나열하는 방식으로 긴 분량의 논증을 손쉽게 구성할 수 있다.

주장: 인간의 본성은 선하다.

핵심 근거 1	인간은 남을 배려하는 능력을 본능적으로 가지고 있다.
이유	인간은 본능적으로 타인의 고통을 함께 느끼고 안타까워하는 동정심과 공감 능력을 가지고 있다.

예시	어린아이가 우물에 빠지는 것을 보고 깜짝 놀라며 불쌍히 여기는 마음, 타인이 우는 모습을 보면 기분이 언짢아지고, 슬픔에 함께 눈물 흘리는 모습은 이러한 본능적 공감 능력이 발현된 사례다.
주장(재강조)	따라서 인간은 타인의 감정과 정서를 공감하여 배려할 수 있는 능력을 타고났다고 볼 수 있다.

핵심 근거 2	인간은 올바른 행동을 선택하는 경향을 가지고 있다.
이유	인간은 옳고 그름을 판단하고, 옳은 행동을 하려는 도덕적 판단 능력을 가지고 있다. 또한, 정의로운 사회를 추구하고 불의에 저항하는 모습은 인간이 도덕적 가치를 중요하게 생각하고 있음을 보여준다.
예시	사람들은 잘못된 행동을 했을 때 죄책감을 느끼고 반성했던 경험을 가지고 있으며, 부조리한 사회적 모순에 항거하며 정의로운 사회를 만들기 위해 희생한 사람들의 기록들이 남아있다.
주장(재강조)	즉, 인간은 타고난 옳고 그름의 판단 능력에 따라 행동하는 경향이 있는 것이다.

핵심 근거 3	인간은 자연 상태에서 이타적으로 협력한다.
이유	인간은 공동의 목표를 달성하기 위해 서로 협력하고 돕는 이타적인 행동을 할 수 있다. 이는 단순히 개인의 이익을 추구하는 것을 넘어, 공동체의 번영을 위해 서로 협력하는 본성을 가지고 있음을 보여준다.
예시	봉사활동, 기부, 재능기부 등은 인간이 이타적인 마음을 실천하는 대표적인 예시다.
주장(재강조)	인간은 자연 상태에서 이타적으로 협력한다.

우선, 이것만으로도 간단하게 자신의 의견을 정당화하는 글이 나온다(글의 형식을 의미함. 팩트와 논리는 선결 조건임).

주장: 인간의 본성은 선하다.

첫째, 인간은 본능적으로 타인의 고통을 함께 느끼고 안타까워하는 동정심과 공감 능력을 타고난다. 예를 들면 아무리 사악한 범죄자라 해도 어린 아이가 우물에 빠지는 것을 보고 깜짝 놀라며 불쌍히 여긴다거나, 타인이 우는 모습을 보면 기분이 언짢아지고, 슬픔에 함께 눈물 흘리는 모습은 이러한 본능적 공감 능력이 발현된 사례다. 따라서 인간은 타인의 감정과 정서를 공감하여 배려할 수 있는 능력을 타고났다고 볼 수 있다.

둘째, 인간은 올바른 행동을 선택하는 경향을 가지고 있다. 인간은 도덕적 판단 능력을 가지고 있다. 인간은 옳고 그름을 판단하고, 옳은 행동을 하려는 능력을 가지고 있다. 또한, 정의로운 사회를 추구하고 불의에 저항하는 모습은 인간이 도덕적 가치를 중요하게 생각하고 있음을 보여준다. 사람들은 잘못된 행동을 했을 때 죄책감을 느끼고 반성했던 경험을 가지고 있으며, 부조리한 사회적 모순에 항거하며 정의로운 사회를 만들기 위해 희생한 사람들의 기록들이 남아있다. 즉, 인간은 타고난 옳고 그름의 판단 능력에 따라 행동하는 경향이 있는 것이다.

마지막으로, 인간은 자연 상태에서 이타적으로 협력한다. 인간은 공동의 목표를 달성하기 위해 서로 협력하고 돕는 이타적인 행동을 할 수 있다. 이는 단순히 개인의 이익을 추구하는 것을 넘어, 공동체의 번영을 위해 서로 협력하는 본성을 가지고 있음을 보여준다. 봉사활동, 기부, 재능기부 등은 인간이 이타적인 마음을 실천하는 대표적인 예시다. 인간은 자연 상태에서 이타적으로 협력한다.

1. 다음 문제를 주제로 선정하여 하나의 문단을 만들어보자.

문제: "반려동물 보호세, 도입되어야 하는가?"

주장:	
이유:	
예시:	
주장(재강조):	

문단으로 작성

2. 다음 문제를 주제로 정당화 구조를 띤 여러 문단을 만들어보자.

문제: "선한 사마리안 법은 제정되어야 하는가?"

주장:

핵심 근거 1:
이유:
예시:
주장(재강조):

핵심 근거 2:
이유:
예시:
주장(재강조):

2개의 문단으로 작성

선한 사마리안 법은 제정되어야 한다(제정되면 안 된다). 첫째,

둘째,

그러므로 선한 사마리안 법은 제정되어야 한다(제정되면 안 된다).

3장
에세이의 구성

글의 구성이란 무엇을 쓸 것인지, 그리고 어떤 순서로 쓸 것인지 선택하는 것이다. 무엇을 어떻게 쓸 것인지 심사숙고하여 쓰지 않고 머릿속에 있는 것을 생각나는 대로 써서는 결코 좋은 글이 나올 수 없다. 앞서 주장과 근거를 중심으로 논증 만들기(정당화 구조 글쓰기)를 살펴보았다. 에세이는 서론과 본론, 그리고 마무리(혹은 기승전결)가 있는 충분성과 완결성을 갖는 글이다. 논증적인 요소 외에도 많은 중요한 요소를 두루 갖추어야 한다.

대학에서 작성되는 글(흔히 보고서)은 설명을 목적으로 하는 것과 설득을 목적으로 하는 것으로 나뉜다. 설득과 설명은 함께 등장한다. 설득하기 위해서는 설명이 반드시 필요하고, 설명 역시 설득력을 필요로 한다. 정보는 대개 논증의 구조에는 포함되어 있지 않다. 하지만 논증을 위해 반드시 필요한 부분이다. 논증에 포함되는 근거와 독자를 교육하는 부분으로서 정보를 구분하기는 어렵다. 가령 어떤 정보는 논증에 필요한 경우가 있지만, 어떤 정보는 단지 논의의 배경지식이나 맥락을 알려줘서 논증을 쉽게 이해할 수 있도록 도와주는 경우도 있다. 설득을 위해서는 설명도 필요하므로 주의 깊게 살펴볼 필요가 있다.

또한 완성된 에세이는 본 논의를 왜 다루고자 하는지, 혹은 독자에게 이 글을 왜 읽어야 하는지 어필하는 부분도 필요하다. 맺음말에는 반드시 필요한 것은 아니지만 기대 효과나 향후 과제 등을 제안할 필요도 있다.

"천 리 길도 한 걸음부터"라는 말이 있듯이 지금부터 에세이를 작성하는 과정

을 차례대로 면밀히 살펴보면서 에세이의 구성과 작성 시 유념해야 할 사안들을
살펴보자.

주제 선정	→	주제 연구	→	입장 형성	→	개요 짜기	→	완성 및 퇴고

1) 주제 선정

글을 쓴다는 것은 어쨌든 자기 자신을 표현하는 것이다. 그렇기 때문에 주제
를 선정하는 데 있어서 본인의 경험, 관심사, 가치관 등이 배경이 되는 것은 당연하
고 좋다. 하지만 글이 공적으로 공개되었을 때 독자들에게 관심을 받아야 한다는
점, 그리고 공공의 목적에 부합해야 함 역시 잊어서는 안 된다.

그렇다면 어떤 것이 논증적 글쓰기의 주제가 될 수 있을까?

글의 주제는 무엇이든 될 수 있지만, 논증적인 글의 주제는 한정된다. 논증적
글쓰기의 목적은 어디까지나 글을 통해 읽는 사람을 설득하는 것, 즉 자신의 주장
을 남에게 이해시키는 데 있다. 따라서 애초에 논증적인 방식으로 글을 쓸 수 없는
주관적인 체험이라든지, 느낌이라든지, 감상 같은 것들은 논증적 글의 주제가 될
수 없다. 가령, 자신의 감각 경험을 보고하는 철수의 1인칭적 문장을 살펴보자.

"나는 이 짜장면이 맛없게 느껴져."

누군가는 이 짜장면이 맛없는 것이 아니라 철수가 감기에 걸려 잘못 맛보고
있다고 생각할 수 있다. 이럴 때 어떤 근거들이 철수를 설득시킬 수 있을까? 우리
는 어떤 근거로도 철수가 가지는 맛없다는 주관적 경험을 다른 것으로 바꿀 수 없
으리라는 것을 쉽게 예상할 수 있다. 철수의 순수한 주관적 경험 자체는 논박에 면
역되어 있기 때문이다. 따라서 이러한 주제는 논증의 주제가 될 수 없다.

논증적 글의 주제는 그 주제에 대한 자신의 주장이 과연 타당한지 아닌지를
상대방이 따져볼 가능성이 있는 것이어야 한다. 다음 사항들을 확인하면서 주제를

선정해보자.

● 논쟁적인 문제를 주제로 삼을 것

- 아동 성폭행범에 대한 처벌을 강화해야 하는가? 주장: 강화해야 한다.
- 흉악범죄 범죄자 신상공개 기준을 완화해야 하는가? 주장: 완화해서는 안 된다.
- 인공지능 기술의 도입으로 인한 새로운 유형의 범죄에 대해 빠르게 대처해야 하는가? 주장: 빠르게 대처해야 한다.

이른바 '답정너' 식의 문제는 바람직하지 않다. 우리는 문제를 다루고자 하는 것이고, 문제는 당연히 사람들이 정답이 무엇일까 궁금하여 탐구하고자 하는 것이다. 뻔한 주장과 내용을 다룬 에세이는 독자들의 시간을 낭비할 뿐이거나 읽히지도 않을 것이다. 물론 위의 질문들에 대해 놀랍게도 정반대의 주장을 펼친다면 다른 이야기가 된다. 하지만 이것 역시 추천하고 싶지 않다. 왜냐하면, 너무 정당화하기 어려운 주장을 선정하는 것은 글쓰기 연습에서 금물이기 때문이다.

● 중요한 문제를 다룰 것

많은 사람이 독창적이고 참신한 주제로 글을 쓰고 싶어 한다. 하지만 '참신하기만 하고 중요하지 않은 주제'는 '식상하지만 중요한 주제'보다 못하다. 글의 주제를 선정할 때 가장 우선적으로 고려해야 하는 것은 그 문제의 중요성이다. 독자들에게 중요한 문제를 다루고 있다는 어필을 하지 못하면 흥미를 끌 수 없고 공감도 얻을 수 없다. 아무리 논리정연한 글이라고 해도 읽힐 가치가 없다면 소용이 없다. 물론 중요성을 충족한 다음 거기에 더해 독창성까지 갖춘다면 그야말로 금상첨화라 할 수 있다. 마치 재난영화에서 지구를 향해 날아오는 혜성을 최초로 발견한 사람이 등장하듯 그 무엇보다 중요한 문제를 그 누구보다 먼저 제기한다면 최고의 주제 선정이 될 것이다. 하지만 그런 영화 같은 일은 평생 한 번 일어날까 말까 한다. 글의 주제를 선정할 때는 우선적으로 중요성을 고려하도록 하자.

중요성과 독창성 외에도 시의성, 적절성 등을 고려해봄직하다. 최근 사람들의 관심을 끄는 주제는 상대적으로 읽을 가치가 있는 글이 되기 쉽다. 너무 많이 다뤄진 주제는 아무래도 식상하게 느껴질 것이다. 또한 적절성 역시 따져봐야 한다. "흑인에게도 영혼이 있는가?"와 같은 논의는 비록 그 주장이 "당연히 흑인에게도 영혼이 있다"로 나아갈지언정 그 주제 선정 자체가 적절하지 못하다.

중요성을 먼저 확보한 후 독창성과 흥미, 공감, 적절성 등을 고루 갖춘 좋은 주제를 선정했다면 이미 에세이 쓰기의 절반은 성공한 셈이다.

● 주제는 구체적이고 명확하게

너무 큰 주제, 너무 협소한 주제, 너무 어려운 주제, 너무 뻔한 주제 모두 피해야 한다. 글은 완벽할 수 없다. 그 이유는 많겠지만, 글을 쓰는 사람의 능력과 활용 가능한 자원이 모두 제한적이기 때문이다. 정해진 시간에 정해진 분량의 글을 쓴다는 점에 유의하자. 너무 큰 주제와 너무 작은 주제 모두 적합하지 못하다.

명확한 주제란 다르게 말하자면, 본인의 에세이에서 다루고자 하는 문제, 문제 상황이 명확하게 의미가 전달된다는 것이다. 본인이 다루고자 하는 주제를 의문문 형태로 만들어보고 무엇을 의미하는지 음미해보는 것이 중요하다. 만약 명확하지 않다면 사용된 개념들이 모호하지는 않은지, 혹은 문제(질문) 자체가 피상적이거나 너무 광범위하지는 않은지 검토해보자.

 다음의 주제들은 구체적이고 명확한가?
명확하지 않다면 왜 그러한가?

- 4차 산업혁명은 인류에게 재앙이 될 것인가?
- 사랑은 인간을 행복하게 하는가?
- 좋은 삶을 살기 위한 방법은 무엇인가?

● 자료 수집이 용이한 것이 좋다

간혹 좋은 주제이긴 하지만 그와 별도로 자료를 수집하기 어려운 경우가 있다. 중요하고 참신한 주제이지만 너무 참신한 나머지 관련된 자료와 근거들을 수집하기 어려운 것이다. 물론 필자의 역량이 뛰어나다면 스스로 연구하고 잘 알려지지 않은 문헌들을 통해 관련 자료들을 수집할 수 있을 것이다. 하지만 대개의 경우 관련 분야의 전문가가 아니라면 이러한 작업을 직접 수행하기에는 많은 제약이 따를 것이다. 따라서 자료 수집이 너무 어려운 주제는 피하는 것이 현명하다.

에세이 쓰기의 초보자라면 다음의 세 가지 영역에서 주제를 선정할 것을 권장한다. 시사 문제, 고전적인 문제, 본인 전공의 학술적인 문제. 시사 문제는 공감할 수 있는 중요하고 논쟁적인 주제를 선정하는 데 큰 수월성이 있다. 고전적인 문제란 인류가 수없이 반복해온 질문이지만 여전히 문제로 남아있는 주제들이다. 가령 "행복이란 무엇인가?", "정의란 무엇인가?", "인간은 불행하기 때문에 사악한가, 사악하기 때문에 불행한가?" 등의 문제들이다. 이러한 주제들은 자료 수집이 매우 쉽고 또 깊이 있는 내용을 다룰 수 있어 좋다. 마지막으로 학술적 글쓰기 차원에서 본인 전공 분야의 학술적 가치가 있는 쟁점을 에세이의 주제로 삼는 것이 추천된다. 하지만 너무 어렵거나 넓은 주제가 될 수 있으니 선배나 교수님의 조언을 받아 주제를 잡아보는 것이 좋겠다.

2) 주제 연구

주제 선정을 잘했다면 선정된 주제는 본인이 잘 알고 있다고 생각하는 것일 테지만 반드시 처음부터 공부한다는 느낌으로 주제 연구에 임하는 것이 중요하다. 많은 경우 기억이 확실하지 않을 것이며 또 피상적으로 알고 있는 것에 그치는 경우도 많기 때문이다.

본인이 다루고자 하는 주제는 논쟁적이다. 논쟁적이기 때문에 반드시 경쟁하는 견해들이 서로 물고 물리는 형세를 취하고 있을 수밖에 없다. 본인이 다루고자 하는 문제가 찬반 양론 형태의 양가적 주제라면 반드시 양쪽 입장에서 골고루 연구할 것을 주문한다. 팔은 안으로 굽기 때문에 본인의 견해와 유사한 입장의 문헌

설득력 있는 글은 상대의 논리를 더 잘 이해할 때 쓸 수 있다!

들만 공부하는 경우가 종종 있다. 그럴 바에는 기계적인 균형을 맞춰보는 것도 좋다. 첫째, 완성된 글은 예상 반론을 다루고 있어야 하기 때문에 반드시 상대 논증을 공부하는 것이 필요하고 둘째, 설득력 있는 글을 쓰기 위해서는 자기 입장보다는 오히려 상대의 입장을 더 잘 알아야 하기 때문이다.

신빙성 있는 자료들, 전문적이고 검증된 자료들을 선별하자. 많은 사람이 편리한 인터넷을 통해 주제 연구에 필요한 자료를 수집한다. 검색 엔진을 통한 자료 수집 혹은 생성형 인공지능을 통한 주제 연구는 그 자체로 문제 될 것은 없다. 중요한 것은 그러한 도구를 통해 신빙성 있는, 신뢰할 수 있는 정보를 얻느냐 아니냐의 문제다.

신빙성 있는 자료는 출처에 대해 책임질 수 있는 자료다. 인터넷 게시판이나 포털의 개인 블로그, 혹은 유튜브 개인 채널의 자료가 전문적이고 신뢰할 수 있는 자료일 수도 있다. 하지만 그러한 출처는 가짜 정보에 대해 아무런 책임을 지지 않는다. 원칙상 대한민국은 자유주의 국가이며 자신이 진실이라고 믿는 바를 말할 자유가 있다. 예컨대 제2 금융위기 사태 때 가짜 정보로 엄청난 국가적 손실을 입힌 미네르바*는 재판 결과 모두 무죄로 판결이 났다. 그 이유는 간단하다. 대한민국 국민은 자신이 믿는 바를 말할 자유가 있고, 그러한 정보가 참인지 거짓인지 비판적 사고를 통해 검증해야 할 의무는 독자들에게 있다는 것이다.

반면 신문기사 등의 자료는 가짜 뉴스에 대한 민·형사상 책임을 진다. 학술저널이나 학위논문 등의 전문 연구 자료들 역시 검증 과정을 거친 엄선된 자료들이며, 심사한 학술단체가 책임을 진다. 집단지성의 가치를 무시하는 것은 올바르지 않다. 하지만 학술적인 글을 쓸 때, 공적으로 가치 있는 글을 쓰고자 한다면, 출처를 책임지는 자리에 있는 사람이나 단체가 만든 것들을 쓰는 것이 원칙이다.

RISS 홈페이지 화면

---

*   2008년 하반기, '미네르바'라는 필명으로 인터넷 포털사이트 다음 아고라에서 활동하던 박대성 씨가 대한민국 경제 추이를 예견하는 글을 써서 주목을 받았다. 그는 "대한민국 정부가 환율 안정을 위해 달러 매수를 금지했다"는 내용의 글을 게시한 혐의(허위사실 유포)로 체포 및 구속되었다. 검찰은 박대성의 글로 인해 20억 달러의 방어비용이 발생했다고 주장했다.

KISS 홈페이지 화면

RISS, KISS, KCI 등의 학술 전문 검색 포털을 이용해보자~!

3) 입장 형성

현안 문제를 둘러싼 여러 견해와 자료 연구를 통해 정당화할 수 있는 입장을 본인의 주장으로 형성하는 것이 원칙이다. 하지만 문제라는 것은 아직까지 해결되지 않았기 때문에 문제다. 어떤 문제이건 완벽한 정당화는 어려울 것이다. 상대적으로 우월하게 정당화할 수 있는 것, 그리고 본인이 논리를 적용하기 더 쉬운 것으로 입장을 형성하는 것을 권장한다.

물론 실제 상황에서는 본인이 주제를 선정할 당시부터 이미 본인의 입장, 견해가 성립되어 있을 것이다. 본인이 잘 아는, 그래서 잘 쓸 수 있는 주제를 선택한다는 것은 이미 그 주제에 대한 본인의 주장이 확립되어 있다는 것을 의미한다. 하지만 이상적인 주제 연구 과정을 거친다면 본인이 몰랐던 새로운 정보들과 반대측의 효과적인 논거들 역시 연구하게 될 것이다. 이는 결국 본인의 최초 견해를 뒤흔들 수 있다. 이때 선택한 주제에 대한 본인의 견해가 중립화되면 처음(주제 선정 과정)으로 돌아가는 것이 정석이다. 믿음, 신념을 바꿀 수 있다는 것은 지적 생명체의 본질이자 장점이지 결코 약점이 아니다.

4) 개요 짜기

주제를 선정하고, 주제 연구를 충분히 마친 후 본인의 견해를 형성했다면 이제 본격적으로 글을 구성할 단계에 이르렀다. 글의 구성은 크게 두 가지다. 첫째, 무엇을 쓸 것인가. 둘째, 어떤 순서로 배열할 것인가. 이러한 구성이 끝났으면 그 결과를 개요로 작성해야 한다. 개요는 건물의 설계도와 같다. 설계도는 완성된 건물이 내력과 외력에 의해 튼튼하게 지지받을 수 있는 구조물인지 확인시켜준다. 개요 역시 이와 같은 역할을 한다. 글을 다 써놓고 정당화가 성공적으로 이뤄졌는지, 설득력을 갖췄는지 따져본다면 이미 늦었다. 개요를 작성하면서 이러한 테스트를 실시간으로 수행하는 것이 필수다.

무엇을 쓸지 고민하지 않았다면 좋은 구성이 되기 어려울 것이다. 많은 사람이 주제 연구를 하면서 '이 정도면 내가 계획한 분량의 글을 쓰기에 충분한 글감이 모였군. 이제 글을 써볼까' 하고 안일하게 생각한다. 좋은 글은 많은 자료 중에서 가장 핵심적이고 명확한 것만 추려내서 쓸 때 작성된다. 본인이 아는 것들을 모두 써 내려가는 것은 최악의 선택이다. 좋은 글은 축소 지향적이다. 가령, 10쪽을 쓸 수 있을 때 가장 중요하고 필요한 말들만 선별하여 1쪽으로 쓰는 것이 더 좋다. 가장 신뢰할 수 있는 것, 본인의 논리적 흐름에서 가장 효과적인 것, 본인이 한정한 주제에서 벗어나지 않고 가장 적절한 것들만을 골라 선별하는 과정이 필요하다.

무엇을 쓸지 선별했다면 그다음으로 어떤 순서로 배치할 것인지 선택해야 한다. 구성에 정해진 일률적인 정답은 없다. 다만 본 교재에서는 가장 많이 사용되는 구성을 소개하며 설득력 있는 논증적 글쓰기의 기본기를 다지는 데 집중할 것이다.

에세이의 3단 기본 구성

서언(들어가는 말)	부드러운 스타트 + what, why, how(how는 생략 가능)	
본론(논의)	본론의 도입부	독자를 교육하는 부분. 주제의 배경지식, 역사적 조망, 핵심 이론, 개념의 설명과 정의, 관련 통계나 현황 자료 등
	필자의 견해	필자의 주장 + 근거들
	예상 반론	필자의 견해와 상반되는 사람들의 주장 + 근거들
	재반론	예상 반론의 근거들에 대한 논박
결언(맺음말)	본론의 주요 내용을 요약하고, 주장을 재강조. 선택사항: 기대 효과, 향후 전망, 의의와 한계 등	

● 서언(시작하는 말): What, Why, How

들어가는 말(서언)은 글의 첫인상이다. 사람과 사람이 만날 때, 3초 만에 그 사람에 대한 신뢰도나 호감도가 결정된다는 연구가 있다. 물론 글의 신뢰도나 호감도가 사람의 첫인상처럼 찰나에 결정되는 것은 아닐 것이다. 하지만 글 역시 들어가는 말을 통해 본론의 내용을 읽기 전에 많은 내용을 전달한다.

많은 사람이 글의 첫 문장을 어떻게 써야 할지 고민한다. "시작이 반"이라는 말이 있듯이 글을 쓰는 공사도 첫 삽을 뜨는 것이 가장 설레고 부담스럽기 마련이기 때문이다. 하지만 너무 고민하면 글을 시작도 하지 못하고 포기하게 된다. 다음 세 가지 방법을 이용하여 유려하고 세련된 글의 첫 삽을 떠보자.

① 사건사고, 사례를 들어 시작하기

"촉법소년 연령을 하향 조정해야 하는가?"라는 문제를 다루고자 한다면 글의 시작은 사람들의 주의를 환기할 만한 사건을 언급하며 시작하는 것이 좋다.

② 통계, 수치를 인용하여 시작하기

"이민청 신설은 올바른 정책인가?"라는 문제를 다루고자 한다면 글의 시작은 외국인 노동자 현황이나 이민자 관련 통계를 언급하며 시작해볼 수 있다.

③ 질문을 던지며 시작하기

"주 4일 근무제, 시기상조인가?"라는 문제를 다루고자 한다면 글의 시작은 "우리는 왜 일을 하는가?"라는 질문으로 시작해보는 것이 글의 깊이를 더하는 선택이 될 수 있다.

글을 자연스럽게 시작하면서 독자의 주의를 끌었다면 이제는 본격적으로 글의 내용에 대한 첫인상을 준비해야 한다. 서언에서는 무슨 문제를 다룰 것인지, 글의 주제를 명확하게 제시하고(what), 더 나아가 그것을 왜 다루고자 하는지 그 이유(why)를 써야 한다. 이때 특히 유념해야 하는 것은 글을 쓰게 된 이유와 동기를 개인적인 차원에서 사적으로 쓰면 안 된다는 것이다. 필자의 입장에서 글을 왜 쓰는지 밝히는 것은 독자의 입장에서 왜 글을 읽어야 하는가에 관한 것이다. 최대한 객관적으로 공감을 얻을 수 있도록 본 논의를 다루는 이유를 쓰고, 이 논의가 해결되면 더 나아가 어떤 연관 문제들까지 해결될 수 있는지 밝혀보는 노력도 필요하다. 글의 분량이 길다면 독자들의 편의를 위해 본론이 어떤 순서로 전개되는지(how) 마지막에 짧게 브리핑해주면 좋다.

● **본론**

본론은 말 그대로 논의의 모든 것이다. 사실상 독자들에게 하고 싶은 핵심적인 말들은 모두 본론에 나와 있어야 한다. 본론에서는 우선 본인의 논증이 설득력 있게 독자에게 다가갈 수 있도록 독자를 교육하는 부분이 필요하다. 또한 본인의 주장이 왜 맞는지 증거와 근거들을 제시해야 한다. 그리고 설득력 있는 글이 되기 위해서는 본인의 주장을 논박하는 논증(예상 반론)에 대한 재반론이 이뤄져야 한다.

① 본론의 도입부

독자를 교육하고 준비시키는 부분이다. 정당화 글쓰기에 익숙한 사람과 그렇지 않은 사람은 본론의 도입부를 보면 구분할 수 있다. 독자들이 준비되지 않았는데 본인의 논증이 훌륭하다고 너무 성급하게 본 논의를 출발시킨다면 이것은 마치 척후병 없이 본대를 적진 깊숙이 전진시키는 것과 마찬가지로 무모한 전술이 되고 말 것이다. 아무리 강한 본대도 척후 없이는 몰살당하기 쉽다. 글 역시 마찬가지다. 설득과 설명은 동전의 앞뒷면과 같다. 설명 없이 설득하기란 불가능에 가깝다. 따라서 본론의 도입부에는 주제에 대한 선행연구 내용, 주제의 배경, 역사, 중심 이론에 대한 설명, 핵심 개념에 대한 정의, 관련 통계 및 현황 분석 등 독자에게 충분한 사전 교육을 제공해야 한다.

② 본론의 논의

설득하는 글, 자신의 의견을 정당화하는 본론의 핵심을 구성하기 전에 더욱 근본적인 '믿음의 정당화' 구조를 살펴보도록 하자. 우리는 살아오면서 수많은 믿음을 형성했다. 어떤 믿음은 참이고 어떤 믿음은 거짓일 것이다(본인은 모르고 있지만). 또한 어떤 믿음은 정당화된 믿음이고 어떤 믿음은 정당화되지 않은 믿음이다. 정당화된 믿음이란 쉽게 말해 근거, 증거를 통해 지지받는 믿음을 말한다. 가령 눈앞에 붉은색 종이가 있다고 하자. 그러면 우리는 '시각 경험'이라는 증거를 통해 "눈앞에 붉은 것이 있다"는 믿음을 정당화한다. 하지만 세련된 정당화라면 반대 증거에 대한 논박이 갖춰져 있어야 한다. 가령, "지금 조명이 붉은색이다"라는 반대 증거가 있을 수 있다. 따라서 "지금 조명이 붉은색이라면 나의 믿음은 정당화되지 않을 것이다. 하지만 확인해본 결과 지금 조명은 정상적인 상태다"라는 반대 증거에 대한 재반론이 있어야 한다.

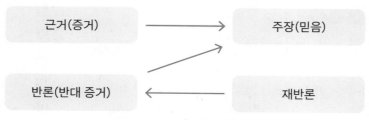

믿음의 정당화 구조와 글의 정당화 구조

정당화 글쓰기 역시 이와 동일한 구조를 갖는다. 학술적 에세이 본론의 핵심은 가장 전형적인 정당화 글쓰기, 즉 논증적 글쓰기 형식이다. 학술적 에세이의 본론은 본인의 주장과 그 증거들, 그리고 본인의 주장에 반하는 견해와 그것에 대한 재반론이 반드시 두루 갖춰져 있어야 한다.

필자의 견해	본인의 주장과 그것을 뒷받침하는 핵심 근거들 및 핵심 근거들에 대한 세부 근거들
예상 반론(상대 논증)	본인의 주장에 반하는 견해를 담은 주장과 핵심 근거들 및 그에 대한 세부 근거들
(예상 반론에 대한) 재반론	예상 반론에 대한 논박

● **결언**(맺음말)

결언 부분은 글의 마지막이다. 예를 들어, 오래간만에 연락이 닿은 친구와 약속 시간과 장소를 잡고 이런저런 이야기를 나누었다고 해보자. 통화의 마지막에는 무슨 말을 해야 할까? 정답은 가장 중요한 내용을 요약해서 다시 말하는 것이다. 즉, 언제 어디서 만나기로 한 것인지 다시 한번 상호 확인하고 전화를 끊어야 할 것이다.

글의 마지막 역시 가장 핵심적인 내용을 요약하고 재서술하는 것이 바람직하다. 에세이의 마지막은 항상 본론 내용을 요약하고 주장을 재서술(강조)하는 것이 필수다.

- 본론의 요약: 핵심 근거 + 상대 논증과 그에 대한 재반론 핵심 + 주장의 재강조
- 선택사항: 기대 효과 / 향후 과제 / 의의와 한계 등

5) 완성문 작성 및 퇴고

글을 쓸 준비가 모두 끝났다. 이제 작성된 개요를 바탕으로 완성된 에세이를 작문하는 것만 남았다. 하나의 글은 그 내용과 마찬가지로 형식도 중요하다. 또한 미적인 가치 역시 갖추고 있어야 좋은 글이라고 할 수 있다. 단지 겉보기에 좋으라고 글의 편집을 신경 쓰는 것이 아니다. 올바른 편집은 독자의 가독성을 높인다. 본인이 작성한 글이 제대로 읽혀야 정당화가 완성되는 것이다.

① 제목(필요하면 부제를 추가해도 좋다)을 작성한다. 본문보다 큰 폰트 사용. 가운데 정렬
② 소속(신분)과 이름을 기재한다. 오른쪽 끝 정렬
③ 일목요연한 목차 쓰기
④ 편집 방식: 특이한 폰트를 사용하지 않으며, 폰트 사이즈를 불필요하게 크게 하지 말 것
⑤ 문단은 들여쓰기(스페이스바 2회 혹은 탭 키 1회)를 하고 줄 바꿈만 할 것(줄 비움은 하지 않는다)
⑥ 경어체(존댓말)을 사용하지 않으며 평어체(반말)로 작성할 것

글은 퇴고를 거쳐야 비로소 완성된다. 흔히 퇴고란 맞춤법 등 간단한 사항만 교정하는 것으로 알고 있다. 하지만 퇴고는 글의 형식적인 측면뿐만 아니라 글이 애초의 목적대로 작성되었는지 내용상 검토도 포함하는 전체적인 작업이다. 앞서 비판적 사고를 담은 글의 평가 방법에 대해 배웠다. 퇴고는 이러한 과정 역시 모두

포함하며, 문장의 표현, 오탈자 수정 및 출처 인용의 정확성 등을 모두 검토해야 한다.

> **퇴고 검토사항**

- 비판적 사고의 평가 항목들을 다시 검토
- 문장의 정확성, 표현의 다양성, 단어 선택의 적절성 검토
- 글이 애초의 목적대로 쓰였으며 일관성이 유지되고 있는가? 불필요한 부분은 없는가?
- 오탈자 및 출처 인용은 제대로 되었는가?
- 제목(부제목)과 본론의 소제목들은 적절하게 작성되었는가?

예시 개요 예시

다음은 "무고죄 형량, 늘려야 하는가?"라는 주제(문제)로 개요를 작성한 예시다.

※ 실제 학부생이 작성한 것을 토대로 일부 수정한 것이다. 예상 반론에 대한 재반론은 제일 어려운 부분이다. 완벽하지 않아도 최대한 논리적으로 적절히 대응하는 것이 좋다. 개요를 짤 때 완성된 문장 형식으로 하면 완성본을 쓸 때 생각할 시간을 줄여주고 잘못된 표현을 쓸 확률을 낮춘다. 맺음말의 경우 본론의 요약만 쓸 경우 개요를 생략할 수 있다.

1. 서론 + 본론의 도입부(본론의 섹션 1)

무엇을 다루겠다 (의문형)	무고죄의 처벌을 강화해야 할까?
왜 다루는가 (주제 선정의 이유, 동기, 배경, 중요성 등)	무고죄는 개인의 명예와 인격권을 심각하게 침해하는 범죄다. 허위 신고로 인해 수사 대상이 된 사람은 정신적 고통은 물론이고 사회적·경제적 손실을 입게 된다. 특히 성범죄 무고의 경우, 피해자의 사회적 매장을 초래하여 회복 불가능한 상처를 남긴다. 또한 무고죄는 사법 시스템에 대한 불신을 야기하고, 수사기관의 인력 낭비를 초래하여 사회 전체의 신뢰를 떨어뜨린다.

	최근 무고죄 발생 건수가 증가하고 있으며, 그 수법 또한 지능화되고 있다. 악의적인 의도를 가지고 타인을 음해하려는 무고 사례가 늘면서 무고죄에 대한 사회적 경각심이 더욱 높아지고 있다. 무고죄 형량 강화 논쟁은 단순히 처벌 수위를 높이는 문제를 넘어 정의로운 사회 구현이라는 더 큰 함의를 지닌다.
본론의 도입부 주제의 배경 (주제의 핵심 개념 정의, 요약, 주제의 역사, 현황 등)	무고죄란? 다른 사람을 형사 처분이나 징계 처분을 받게 할 목적으로 허위 사실을 신고하는 범죄를 말한다. 즉, 실제로는 죄를 짓지 않은 사람을 마치 죄를 지은 것처럼 꾸며서 수사기관에 신고하는 행위를 의미한다. 무고죄가 성립하기 위해서는 다음과 같은 요건들이 충족되어야 한다. 　1) 허위 사실의 신고 　2) 타인을 형사 처분 또는 징계 처분 받게 할 목적 　3) 신고 행위 – 무고죄 발생 건수: 2022년 기준 무고죄 발생 건수는 5,574건으로, 2018년 4,226건에 비해 약 31.9% 증가 – 무고죄 검거율: 2022년 기준 무고죄 검거율은 84.5%로 비교적 높은 수준이지만, 무고죄의 심각성을 고려할 때 더욱 적극적인 수사가 필요하다는 의견도 있음. – 무고죄 처벌 수위: 현행 형법상 무고죄의 형량은 10년 이하의 징역 또는 1,500만 원 이하의 벌금. 죄질에 비해 처벌 수위가 낮다는 지적이 있음.

2. 본론 구성하기(본론의 2, 3, 4 섹션 부분)

	주장: 무고죄의 형량을 늘려야 한다고 생각한다.
나의 논증	핵심 근거 1: 피해자의 심각한 피해가 있다. 무고죄는 단순한 거짓말을 하는 것 이상의 피해를 입힌다. 무고로 인해 잘못된 처벌을 받을 수도 있고, 억울하게 사회적 평판이 훼손될 수도 있다. 　예를 들어보면, 2021년 김선호 배우의 사례가 있다. 김선호 배우는 오랜 기간 배우로서 성공적인 커리어를 이어나가고 있었지만, 그의 사생활과 관련된 무고 사건이 큰 논란을 불러일으켰다. 그의 여자친구였던 A씨가 자신을 임신시키고 낙태를 강요했다고 주장하면서 이를 폭로하는 글을 올렸다. 이로 인해 김선호는 이미지 타격을 받았고 대중의 질타를

받으면서 활동을 중단했다. 김선호는 허위 사실이라며 반박문을 내고 대응했다. 사건이 커지자 A 씨는 사실을 부풀렸다며 고소를 취하했다. 김선호는 무고에 의한 처벌은 피했지만, 출연 예정이었던 드라마와 광고, 예능에서 모두 하차하면서 이미지 손상은 물론 경제적으로도 막대한 피해를 입고 현재까지 이미지를 회복하지 못하고 있다. 이 사건이 무고죄 처벌을 강화해야 한다는 주장에 힘을 실어주고 있다.

핵심 근거 2: 예방효과가 있다.

형량을 높이면 무고를 저지를 가능성이 줄어들 수 있다. 무고죄에 대한 처벌이 강하게 이루어지면 처벌을 두려워하는 사람들은 고소나 고발을 신중하게 할 것이다. 소위 꽃뱀 같은 사건들은 현재 형량이 3년 이하의 징역형이나 500만 원 이하의 벌금형으로 명시되어 있는데, 이 형량을 더욱더 강화한다면 처벌을 두려워해서 무고죄가 줄어들 것이다. 예를 들어보면 무고죄의 형량을 늘렸을 때 예방효과를 알 수 있는 사건으로 2015년 영국의 사이코패스 여성 사건이 있다. 이 사건은 2015년 영국에서 있었던 사건으로 한 여성이 허위로 성폭행을 주장하여 남성에게 심각한 법적 처벌과 사회적 낙인을 안겼다. 그러나 법원은 이 여성이 거짓으로 피해자를 고소한 것을 알아차리고, 형량을 7년으로 확정하면서 강력한 처벌을 내렸다. 이 사건 이후 영국 법원은 무고죄에 대한 처벌을 강력하게 규제했고, 이후 위와 같은 고소로 처벌받은 사례가 감소하는 경향을 보였다. 한국에서 비슷한 사건으로 꽃뱀 사건 등이 있다. 위와 같은 사건들을 예시로 봐도 처벌 강화가 분명한 예방효과를 가져온다는 점을 알 수 있다.

핵심 근거 3: 사회적 정의가 실현된다.

거짓말로 다른 사람의 인생을 망치거나 억울한 피해를 초래하게 하는 무고는 사회적 정의를 심각하게 훼손시킨다. 무고의 경우 억울하게 삶이 망가지고 다른 경우보다 피해자의 회복이 더 어렵다. 무고는 어이없게 삶이 무너지는데, 이런 피해자들의 법적 구제를 받는 데 도움을 주고 피해자가 법적인 보호를 받는다면 사회적 정의가 실현된다는 걸 국민에게 알려줄 수 있을 것이다. 한국의 꽃뱀 사례를 예시로 들면 여성이 허위로 성폭행을 당했다고 고소했지만, 실제로는 자기 남자친구에게 복수하기 위해 고소한 사실이 있다. 남자는 잘못된 고소로 경제적 손실과 정신적 고통을 겪었다. 재판부는 고소자에게 더 강한 형량을 부여하면서 형량을 강화했고, 이 사건으로 성범죄 고소에 대한 신뢰가 회복되면서 범죄가 줄어들고 사회적 안정에도 기여했다.

나의 논증

예상 반론 (나의 견해와 다른 견해의 논증)	**주장: 무고죄에 대해 형량을 늘리는 것은 옳지 않다.** 핵심 근거 1: 형량 강화를 통한 효과가 실질적으로 제한적일 수 있다. 형량 강화가 무고죄를 예방하는 실질적인 효과를 거둘지 의문이다. 무고죄를 저지르는 사람들은 보통 고의로 타인에게 피해를 끼치고 싶어 하는 경우가 많다. 연예인들이 잘나가는 걸 시샘하거나, 화가 나서 학교 폭력을 했다고 신고하거나, 이미지를 망치고 싶어 하는 경우도 있다. 그들은 처벌이 강화되었다 하더라도 여전히 고소하거나 거짓 진술을 남발할 것이다. 김선호 배우 사건의 경우도 그렇다. 허위 고소를 한 사람이 형량이 무서워서 고소를 취하한 것이 아니라 사건에 대해 관심을 많이 받아서 그런 것이기 때문에 형량을 강화한다고 무고죄가 예방된다는 주장은 비약이 있다. 핵심 근거 2: 형량 강화가 고소자의 권리를 침해할 수도 있다. 형량이 강해지면 무고죄를 피하려고 고소인이 실제 성범죄나 피해를 당했더라도 고소를 망설일 수 있다. 피해자가 자신의 권리를 보호하기 위해 고소하게 되지 않을 수도 있다는 것이다. 피해자가 고소하기 어려운 환경을 만든다면 진짜 성범죄 가해자가 고소하기 어려워진 것을 이용할 수 있다. 이로 인해 사회적으로 정의가 실현되기 어려운 상황이 발생할 수 있다. 핵심 근거 3: 무고죄는 입증하기 어려운 문제 무고죄는 입증하기 어려운 범죄다. 무고가 성립하려면 거짓 고소의 의도와 허위 사실을 주장한 증거가 명백히 필요하다. 하지만 이런 주장을 명백히 밝힐 증거를 구하기는 사실 어려운 일이다. 형량을 강화하는 것은 무고죄에 대한 처벌을 강화하는 차원에서는 중요한 일일지 모르지만, 이 과정에서 억울한 피해자가 생길 수도 있다. 무죄추정의 원칙에서 18세기 영국의 법학자 윌리엄 블랙스톤의 격언을 빌리자면, "열 명의 범인을 놓친다 하더라도 한 명의 무고한 사람이 고통을 받게 해서는 안 된다"는 말이 있다. 이처럼 무고를 저지른 사람의 처벌을 강화하는 것도 중요하지만, 억울하게 무고죄로 처벌받는 사람이 생길 수도 있다는 점을 알아야 한다.

재반론 (예상 반론에 대한 자신의 논박)	### 예상 반론의 핵심 근거 1에 대한 재반론 형량 강화가 단기적으로는 미미한 효과를 낼지 모르지만, 장기적인 차원에서는 분명한 예방 효과가 있을 것이다. 법적 효과로 형량이 강화되면 무고를 저지른 사람들은 법적 책임을 두려워하게 될 것이다. 고의로 무고를 저지른 사람들은 처벌받을 위험을 고려하게 될 것이고, 이는 사회적 메시지로 작용해서 고소하는 데 신중하게 생각하는 사람들이 많아질 것이며, 그러한 인식이 확대된다면 사회가 안정화하는 데 기여할 것이다. 　　김선호 배우 사건을 예로 들면서 말하고 있는데, 이 경우 연예인이라는 특수한 사건으로 봐야 하며 형량이 무서워서가 아니라 사회적 관심을 받으면서 발생한 사건이다. 하지만 다른 사건들을 보면, 형량이 강화된다면 고소자가 고소를 한 번 더 생각하게 되는 경향이 있을 것이다. 형량 강화는 분명한 효과를 내는 예방대책이 될 수 있다. ### 예상 반론의 핵심 근거 2에 대한 재반론 형량 강화가 고소자의 권리를 침해한다는 반론은 고소자의 의도를 한쪽으로 단정하는 것이다. 형량 강화는 무고를 예방하면서 진짜 피해자가 고소를 망설이지 않게 해주는 것이다. 무고죄의 형량을 강화한다는 것은 형량만 강화하는 것이 아니라 고소자의 진실성을 파악한다는 것이다. 진짜 피해자가 고소를 두려워하는 것은 자기에게 보복이나 피해가 있을 것이라 생각해서 두려워하지만, 무고죄를 엄격하게 다룬다면 진짜 피해자들이 법적 보호를 받을 확률이 높아지고 고소자의 권리침해가 아니라 오히려 진짜 피해자를 보호할 수 있다. ### 예상 반론의 핵심 근거 3에 대한 재반론 무고죄가 입증하기 어렵다는 점은 사실이지만, 입증이 어렵다고 해서 처벌을 가볍게 하는 것은 무고를 저지른 사람이나 무고를 저지를 사람에게 기회가 될 수도 있다. 강한 형량은 사람들에게 경고나 메시지로 작용할 수 있고 사회적 경각심을 일으킬 수 있다. 무고죄 형량 강화는 무고한 사람들이 생기지 않도록 신중히 고려된 법적 절차를 마련한다면 아무런 문제가 없을 것이다. 무고죄 형량 강화는 억울한 피해자를 막는 동시에 무고를 예방하는 데 중요한 역할을 할 것이다.

4장
에세이 쓰기

학술적 에세이는 특정 주제에 대해 연구하고 분석한 결과를 논증적 정당화 구조로 제시하는 글이다. 학술적 에세이는 단순히 정보를 전달하는 것을 넘어, 자신의 지적 능력과 분석적 사고력을 보여주는 중요한 도구다. 학술적 에세이를 작성하는 과정에서 특정 주제에 대해 깊이 있게 연구하고 분석하면서 자신의 지식을 확장할 수도 있다. 또한 다양한 자료를 비교하고 분석하며 논리적인 주장을 펼치는 과정에서 비판적 사고력을 개발할 수 있음은 물론이다. 자기 생각을 명확하고 논리적으로 표현하는 연습을 통해 의사소통 능력을 강화할 수 있으며, 학문적 탐구의 결과물을 보여주는 학술적 에세이는 지식의 소비자에서 지식의 생산자로 가는 길이다.

앞서 비판적 사고를 구성하는 요소들에 대해 배웠다. 그리고 그러한 요소들을 종합적으로 고려하여 평가하는 방법에 대해서도 숙지했다. 3부에서는 실제 글쓰기 작업에 필요한 실천적인 작업 요령 또한 살펴보았다. 이제부터는 앞서 배운 것들을 모두 종합해 하나의 학술적 에세이를 작성하는 구체적 방법을 배울 것이다.

학술적 에세이 작성 경험은 학문적 영역에서뿐만 아니라 취업시장이나 사회적 활동 과정에도 긍정적인 영향을 끼친다. 중요한 주제 선정, 충분하고 공정한 자료 조사, 논리적인 구성, 정확한 인용, 객관적인 태도 등을 충분히 익혀야 하기 때문에 이러한 능력들을 향상시키는 데 매우 효과적이다. 학술적 에세이 작성은 쉽지 않지만, 끊임없는 노력과 연습을 통해 충분히 좋은 결과를 얻을 수 있다. 학술적 에세이 작성을 통해 자신의 사고력과 표현력을 향상시키고, 더 나아가 자신의 전문 분야에 기여하는 인재로 성장할 수 있기를 바란다.

이 장에서는 '양심적 병역 거부'를 둘러싼 찬반 논의를 다루어 실제 에세이가 어떤 식으로 작성되는지 살펴보자.

1) 글쓰기 전

① 주제 선정

2006년 이후 10년간 소위 '양심적 병역 거부'로 5,200명이 넘는 사람들이 처벌을 받았다. 양심적 병역 거부자에게 무죄를 선고한 하급심 법원의 판결이 50건을 넘어선 가운데 35건이 2017년에 선고되었고, 2018년에는 2016년에 이어 두 번째 항소심 무죄 판결이 나오면서 양심적 병역 거부를 인정하고 대체복무를 허용하는 입법을 해야 한다는 의견이 대두하고 있다.

② 주제 파악

- 양심적 병역 거부란 종교적 신념이나 양심상의 이유로 병역과 집총을 거부하는 행위를 말한다.
- 양심적 병역 거부 찬성론자들은 양심의 자유는 보장되어야 한다고 주장하면서, 군 복무 대신 사회복지시설 등에서 대체복무를 하게 해달라고 요구한다.
- 반면 반대론자들은 분단국가라는 한국의 특수성과 병역의 의무가 헌법상의 의무라는 점에서 병역 거부는 헌법 위반이라고 주장한다.

③ 입장 확립

양심적 병역 거부는 허용해야 한다.

④ 논거 확인

- 양심의 자유는 헌법상의 권리다.
- 병역의 의무를 다른 방식으로 이행하는 것을 허용할 수 있다.
- 대체복무제를 허용하지 않은 채 병역의무만 요구하는 것은 헌법상 양심의 자유를 침해하는 것이다.
- 많은 국가가 양심적 병역 거부를 인정하고 대체 역무를 부과하고 있다.

반대 입장과 논거

- 병역은 헌법상의 의무이며, 한반도는 분단국가라는 특수성을 가지고 있다.
- 병역 거부행위를 인정할 시 발생할 병력자원의 손실 문제가 있다.
- 병역 거부가 진정한 양심에 의한 것인지 심사가 곤란하다.
- 사회적 여론이 비판적이다.

⑤ 개요

---

1. 머리말: 문제 제기
2. 본론
   1) 현재 상황 및 논쟁점 제기
   2) 찬성 측 주장과 논거 제시
   3) 반대 측 주장과 논거 제시 및 검토
   4) 반대 측 논증에 대한 재반론
3. 맺음말: 본론 요약 및 양심적 병역 거부 인정 시의 전망

---

2) 글쓰기: 본론의 구성

① 본론의 도입부

1) 양심적 병역 거부란 종교적 신념이나 양심상의 이유로 병역과 집총을 거부하는 행위를 말한다.

2) 논쟁점

찬성론자들은 양심의 자유는 보장돼야 하며, 군 복무 대신 사회복지시설 등에서 대체복무를 할 수 있게 해달라고 요구한다. 반면 반대론자들은 분단국가라는 특수성과 병역은 헌법상의 의무라는 점을 들어 양심적 병역 거부는 헌법 위반이라고 주장한다.

3) 현재 상황

(1) 양심적 병역 거부자는 해마다 500여 명으로 지난 60여 년간 2만 명에 육박한다고 한다. 2006년 이후 10년간 양심적 병역 거부로 5,200여 명이 처벌을 받았다.

(2) 양심적 병역 거부자에게 무죄를 선고한 하급심 법원의 판결이 50건을 넘어선 가운데, 그중 35건이 2017년에 선고되었고, 2018년에는 2016년에 이어 두 번째 항소심 무죄 판결이 나오면서 양심적 병역 거부를 인정하고 대체복무를 허용하는 입법을 해야 한다는 의견이 대두하고 있다.

② 필자의 주장과 근거

(1) 양심의 자유는 헌법에 근거한 권리다.

(2-1) 국제사회가 양심적 병역 거부를 인정하고 있다.

(2-2) 양심적 병역 거부를 인정하는 거의 모든 국가에서 대체 역무를 과하고 있다.

(3-1) 유엔인권위원회는 1997년 종교적 병역 거부자가 어떠한 정치·종교적 이유로도 차별받아서는 안 된다고 결의한 뒤, 인권협약 가입국에 대체복무 입법을 촉구해왔다.

(3-2) 2005년 국가인권위원회에서 양심적 병역 거부권과 병역의 의무가 조화롭
　　 게 공존할 수 있도록 대체복무제를 도입해야 한다고 당해 국가 기관에 권고
　　 하기도 했다.

(4) 대체복무제를 허용하지 않은 채 병역의무만을 요구하는 것은 헌법상 양심의
　　 자유를 침해하는 것이다.

(5) 군 복무와의 형평성을 고려한 대체복무제도를 도입해 국민적 공감대를 얻을
　　 수 있을 것이다.

(6) 전과자라는 낙인을 찍고 병역을 면제하는 것보다 다른 방식으로 병역의 의무
　　 를 이행하게 하는 것이 타당하다.

(7) 대체복무제도를 통해 병역의 의무를 이행하게 함으로써 양심의 자유도 함께
　　 인정하는 아름다운 국가 공동체를 이루어갈 수 있을 것이다.

③ 예상 반론

(1-1) 병역은 헌법상의 의무이며 분단국가로서 남북이 대치한 상황에서 군사제도
　　　 는 국가와 국민을 지키기 위한 필수적인 헌법적 제도다.

(1-2) 병역 거부행위를 인정할 시 발생할 병력자원의 손실 문제가 있다.

(2) 대체복무제는 형평성의 문제를 가지고 있어서 병역 기피 수단으로 악용될 수
　　 있다.

(3) 병역 거부가 진정한 양심에 의한 것인지 심사하기 곤란하다.

(4) 병역 거부에 대한 사회적 여론이 비판적이다.

④ 재반론

(1-1) 병역의 의무를 다른 방식으로 이행하는 것을 허용할 수 있다. 즉, 군 복무 대
　　　 신 사회복지시설 등에서 일하는 것으로 군 복무를 대체할 수 있다.

(1-2) 우리나라에서는 산업기능요원이나 전문연구요원 등과 같은 병역특례요원
　　　 이라는 대체복무제도를 가지고 있다.

(1-3) 공익근무 등 대체복무 형태가 군 복무의 13%에 이르는 반면, 양심적 병역
      거부자는 전체 입영 인원의 0.2%에 불과해 이로 인한 군사력 저하를 논하
      기 어렵다.
(2) 일반 병역 의무자와의 형평성 문제가 발생할 수 있지만, 대체복무자의 복무기
    간을 늘리는 방법으로 형평성 문제를 어느 정도 해소할 수 있어서 병역 기피
    수단으로 활용하기 어려울 것이다.
(3) 외국의 경우 양심적 병역 거부자들이 과연 진실로 양심에 따라 병역이나 집총
    을 거부하는 것인가의 여부를 심사하는 심사기관을 설치하고 있다. 우리나라
    도 심사기관을 설치함으로써 병역 거부가 진정한 양심에 의한 것인지 심사할
    수 있을 것이다.
(4) 소수자의 인권 문제에 다수결을 들이미는 것은 타당하지 않다.

3) 글쓰기 후

① 퇴고
- 논거와 주장의 일치 여부를 검토한다.
- 글의 일관성 유지 여부를 검토한다.
- 이해하기 쉬운 글인지 검토한다.
- 맞춤법, 띄어쓰기, 오자, 탈자 등을 검토한다.

② 제목
- 글의 내용을 잘 드러내면서도 독자의 흥미를 불러일으키는 제목인지 검토
  한다.

③ 기타
- 출처: 인용한 글의 출처를 밝혔는지 검토한다.
- 참고 자료: 참고 자료를 표기한다.
- 탈자, 오자, 맞춤법, 띄어쓰기를 검토한다.

- 문장: 독자가 쉽게 읽을 수 있도록 가능한 한 짧은 문장을 사용한다.
- 문단: 하나의 문단에서 전달하는 생각은 하나여야 한다.
- 제목 및 소제목들이 일목요연하게 작성되었는지 확인한다.

양심적 병역 거부, 왜 허용하면 안 되는가

소속: ○ ○ ○ 전공   학번: 20220000   이름: ○ ○ ○

〈목차〉

1. 들어가며

　　모든 대한민국 국민은 국방의 의무를 지며, 특히 남성은 병역의 의무가 있다. 하지만 양심적 병역 거부자들이 생김에 따른 문제의 의견 충돌은 지속적으로 화제가 되고 있다. 양심적 병역 거부란 종교나 양심적 동기에서 나오는 신념을 이유로 군 복무, 전쟁, 무기를 드는 행위 등을 거부하는 행동으로, 실질적인 증거를 찾기 어렵고, 측정하기 어려운 개인의 신념, 양심의 자유와 국가의 안보가 걸린 병역의 의무가 충돌하는 문제이다 보니 옳고 그름을 가르기 어렵기 때문에 지속적으로 국내에서 이슈가 되고 있다. 대한민국에서도 일부 사람들이 병역을 거부하여 처벌되는 사례가 빈번히 있었지만, 비교적 최근인 2018년 6월 28일 양심적 병역 거부자에 대해 헌법불합치 판결,[1] 대체복무제가 시행되며 이는 종결되는 듯싶었다. 하지만 지속적으로 매스컴에서 올라오는 관련 뉴스를 살펴보면 이를 비판하는 사람들,

---

[1]　헌재 2018. 6. 28. 2011헌바379 등, 판례집 30-1하, 370

양심·종교의 자유가 있다는 주장과 형평성에 어긋난다는 주장 등을 내세우며 공방을 벌이는 댓글들을 어렵지 않게 찾아볼 수 있다. 특히 대한민국 국민 남성은 군복무를 엄격하게 적용하기 때문에 다른 나라보다 더 예민하게 작용하기 때문이다. 이 외에도 이 문제가 자주 거론되는 이유는 무엇일까? 이러한 궁금증과 문제의 중요성을 이유로 양심적 병역 거부에 대해 더 다뤄보고자 한다.

2. 양심적 병역 거부

1) 양심적 병역 거부의 역사

양심적 병역 거부에 대해 화제가 되기 시작한 것은 최근이지만, 사실 양심적 병역 거부자들은 이미 오래전부터 있었다. 과거 미국 사회에서 '종교적 신념에 따른 병역 거부'라는 용어가 처음으로 사용되었으며, 이는 미국 대 시거 사건을 통해 처음 종교적 신념뿐만 아니라 다른 양심적인 이유로 거부하는 자도 함께 보호하기 위해 '양심적 병역 거부'로 바뀌게 되었다.[2] 이것이 우리나라에 들어오며 사용하게 되었다. 양심적 병역 거부의 정확한 뜻은 종교나 양심적 동기에서 나오는 신념을 이유로 군 복무, 전쟁, 무기를 드는 행위 등에 참여하는 것을 거부하는 행동이며, 종교, 비폭력주의, 평화주의 등 그 동기가 다양하다. 이 중 양심은 개인의 인생관, 신조 등 주관적인 경험을 통해 가치나 옳고 그름을 판단하는 도덕적인 의식이다. 이 양심은 대한민국 헌법 제19조에 명시된 국민의 기본권으로 그 자유를 보호하고 있으며, 헌법이 보호하는 양심은 양심 형성, 결정의 자유 같은 내심적인 자유뿐만 아니라 이것을 실현하는 양심 실현의 자유까지 포함하고 있다.[3]

대한민국에서는 1939년 일제강점기에 최초의 병역 거부자 사례가 있었던 기록이 있다. 당시 일제가 벌이고 있던 전쟁에서 병력을 늘리기 위해 조선에 징병제를 확대했는데, 그중 기독교 계열인 여호와의 증인 신도들이 지급받은 총기를 반

---

2   신운환, 「'양심적 병역 거부'라는 용어의 적절성 여부 검토와 대체 용어의 모색에 관한 소고」, 『행정법이론실무학회』 46, 2016, 394면.

3   헌재 1998. 7. 16. 96헌바35, 판례집 10-2, 159, 166

납하며 병역을 거부하여 구속, 수감된 등대사 사건이 있었다.[4] 이후 2001년, 평화주의 신념을 이유로 병역을 거부한 오태양 씨의 사례가 보도되며 본격적인 논의가 시작되었다.[5] 21세기 초에 들어서면서 해외에서는 징병제가 폐지되거나 양심적 병역 거부가 허용되었지만, 당시의 대한민국은 양심적 병역 거부를 인정하지 않는 국가 중 하나였다. 2013년 6월 UN 인권위원회가 발표한 보고서에 따르면 종교와 신념 등의 이유로 병역 거부를 한 사람은 전 세계를 통틀어 723명으로, 그중 669명 즉 약 90%가 한국인이었다고 한다.[6] 이후 2018년 6월 8일 헌법재판소는 헌법 제19조 양심의 자유에 따라 병역법 제5조 1항 등에 헌법불합치 판결을 내리고, 2020년 1월부터 대체복무제가 실시되었다.

2) 양심적 병역 거부, 허용해야 할까?

이처럼 대한민국은 현재 양심적 병역 거부를 허용하고 있는 추세다. 하지만 아직도 많은 사람이 이에 반발하고 비판한다. 이렇게 많은 사람이 비판하는 데는 아직 문제가 있다는 것이다. 나도 여기에 동의한다. 양심적 병역 거부는 허용해서는 안 된다. 그 근거는 다음과 같다.

첫째, 헌법 제39조 제1항에 따르면, 모든 대한민국 국민은 법률이 정하는 바에 의하여 국방의 의무를 진다고 명시되어 있다. 남과 북이 분단되어 있는 현재 한반도의 특수한 상황에서 병역은 국가의 안보가 달려 있는 중요한 문제다. 그렇기 때문에 국민의 안전을 위해 개인의 권리보다는 국방의 의무가 우선시되어야 한다. 헌법 제37조 제2항에 따르면, 국민의 모든 자유와 권리는 국가안전보장 또는 공공복리를 위하여 법률로써 제한할 수 있다고 명시되어 있다. 또한 2018년 병역법에 대한 헌법불합치로 인한 큰 변화에도 국민의 반응은 좋지 않았다. 2018년 한국종

---

4   임재성, 「징병제 형성과정을 통해서 본 양심적 병역 거부의 역사」, 『한국사회사학회』 88, 2010, 391면.

5   김창원, "위헌제청 계기로 '양심적 병역 거부' 논란 가열", 동아일보, 2002. 01. 30., https://n.news.naver.com/mnews/article/020/0000110441?sid=102(2022. 12. 02. 접속)

6   장동석, "세계 양심적 병역 거부자 93%가 한국인", 한겨레, 2014. 12. 04., https://www.hani.co.kr/arti/culture/book/667617.html(2022. 12. 02. 접속)

합사회조사를 통하면, "남북 분단인 상황과 국가 안보를 고려했을 때 양심적 병역 거부는 허용할 수 없다"에 동의하는 비율은 47.5%, "복무기간 또는 강도 높은 사회 봉사로 대체한다면 허용할 수 있다"는 비율이 33.5%로 부정적인 반응이 높은 것을 알 수 있었다.[7] 이러한 대한민국의 상황을 고려하면, 개인의 권리를 위해 대체복무 제를 도입할 경우 국민의 부정적 반응의 심화와 국가 안보 상황을 더 악화시킬 우려가 있다.

둘째, 양심적 병역 거부는 병역 기피의 수단으로 악용될 가능성이 있다. 보도된 뉴스에 따르면, 병역 면탈을 조장한 행위는 2017년 2,162건에서 2021년 기준 3,021건으로 약 40% 증가, 멀미약을 눈에 발라 동공 장애를 위장하거나 고의로 몸을 손상시키는 등 우리나라에서 병역 기피 문제는 가볍게 보거나 간과할 수 있는 상황이 아니다.[8] 또한 유무죄를 판결할 때 중요한 병역 거부자의 내면적인 양심은 판단하기 모호하기 때문에 병역 기피자와 양심적 병역 거부자를 구분하기 어렵다. 이러한 이유로 양심적 병역 거부를 통해 병역을 기피하려는 사람이 없다고 확신할 수 없다.

3) 국민의 의무 vs. 국민의 권리

양심적 병역 거부에 대해 가장 많은 논쟁이 이루어지는 것 중 하나가 바로 국민의 의무와 권리 충돌이다. 의무와 권리가 충돌했을 때는 문제 상황을 분석하여 조화롭게 해야 하지만, 마땅한 해결 방안이 없기 때문이다. 양심적 병역 거부를 허용해야 한다는 사람들은 양심의 자유와 종교의 자유를 보호받아야 한다고 주장한다. 그 근거는 다음과 같다.

헌법 제12조, 제20조에 따르면, 모든 국민은 양심의 자유, 종교의 자유를 가진다고 명시되어 있으며 이는 국민의 기본권이다. UN 회원국이며 징병제를 시행했거나 시행했던 105개국 중 57개국도 헌법이나 법률로 양심적 병역 거부를 인정하

---

7   오아라, 「양심적 병역 거부에 대한 국민태도 분석」, 국내 석사학위논문 성균관대학교 일반대학원, 2020.

8   "갈수록 교묘해지는 병역 기피 수법들 … 일부러 손목 꺾고 담배로 혈압 높이고", MBN뉴스, 2022. 10. 07., https://www.mbn.co.kr/news/society/4857678(2022. 12. 03. 접속)

고 있으며, 주요 국제인권기구들은 양심적 병역 거부자에 대한 처벌을 규범 위반이라고 밝히고 있다. 대한민국도 양심의 자유를 언급하며 양심적 병역 거부를 간접적으로 언급하고 있는 국제인권규약의 가입국이며, 비교적 최근까지 양심적 병역 거부자들을 처벌하며 이를 위반하고 있었다.[9] 그렇기 때문에 UN 인권위원회도 지속적으로 대한민국에 대체복무제를 시행하라고 요구했다고 한다.

또한 이들은 국방의 의무는 병역법에 의한 군 복무를 이행하는 것만을 의미하는 것이 아니며, 대체복무도 국방의 의무를 이행하는 것이라고 주장한다. 대체복무제를 도입하기 위해 법률이 정해졌고, 병역법 제5조 제1항 제6호를 보면, 대체역도 병역의 종류로 인정했다는 것을 알 수 있다. 대체복무자는 교정시설을 운영하는 데 필요한 업무를 3년간 합숙하며 하게 된다. 식자재를 운반·조리하거나 환경 미화, 장애인 수용자를 보조하는 등의 일을 하게 된다고 한다.

4) 병역의 의무가 앞서는 이유

하지만 이들이 주장하는 것에는 반박의 여지가 있다. 첫째, 양심의 자유와 종교의 자유가 진실된 것인지 판단하기 힘들며 모호하다. 양심의 자유는 앞에서 언급한 법 조항처럼 공공복리나 국가의 안전을 위해 어느 정도 제한할 수 있다는 조항이 있다. 국제인권조약에 가입한 국가여도 자국 헌법이 더 중요하며 우위에 있고, 이런 권고는 법적인 구속력이 없기 때문에 국제 규범을 위반했다고 해서 양심적 병역 거부를 허용해야 할 이유가 되지 않는다. 또한 국내 양심적 병역 거부의 판결 사례들을 보면, 유무죄를 가르기 위해 진정한 양심인가에 대해 참고하는 구체적인 판단들의 기준이 굉장히 다양하고 일정하지 않은 것을 알 수 있다. 병역 거부자의 부모도 신자인가, 폭력적인 게임 접속 이력이 있는가, 어린 시절의 배경이나 음주, 관련 활동 이력 등을 판단하기 어렵고, 객관적인 증거가 될 수 없는 것들도 있다.[10] 다음은 종교의 자유다. 헌법 제20조 제2항에 따르면, 종교와 정치는 분리된

---

9   김용훈, 「국제인권법의 국내 도입에 있어서의 쟁점 소고」, 『한국공법학회』 49(4), 2021, 58면.

10   "수원지법 2019. 2. 14. 선고 2017고단463, 3186, 3344, 5519, 7646, 8366, 2018고단1304, 4459 판결", 리걸엔진, https://legalengine.co.kr/cases/11145(2022. 12. 03. 접속); "울

다고 명시되어 있다. 병무청의 양심적 병역 거부 현황 조사를 보면, 2016년 거부자 557명 중 555명, 2017년 461명 중 460명이 여호와의 증인으로 대부분의 병역 거부자들이 종교의 자유를 이유로 하고 있는 것을 알 수 있다.[11] 이들이 거부하는 군 복무의 주요 내용으로는 집총 거부, 살생 등으로 전쟁과 관련되어 있다. 한국군이 정의한 전쟁의 뜻을 살펴보자. 전쟁이란 상호 대립하는 2개 이상의 국가나 이에 준하는 집단이 정치적인 목적을 달성하기 위하여 자신들의 의지를 상대방에 강요하는 조직적인 폭력행위라고 말하고 있다.[12] 따라서 헌법에 따르면 종교의 자유를 근거로 병역을 거부하는 것은 논리에 맞지 않는다.

둘째, 군 복무를 대체복무로 이행하는 것은 형평성에 맞지 않는다. 정신적·신체적으로 부담이 될 수 있거나 생명이 걸린 군 복무와 대체복무는 비교가 되지 않는다. 그렇다면 "산업기능요원, 전문연구요원, 예술체육요원 등의 병역 특례를 인정하고 있는 것은 어떻게 설명할 것인가?"라고 물을 수 있다. 병역법 제5조 제1항 제3호에 따르면, 이들은 대체역과 구분된 보충역으로 따로 명시되어 있으며 예술체육요원 같은 경우 특정 분야에서의 성적이라는 명확한 증거가 있다. 또한 대체복무제가 시행된 해인 2018년에 보도된 한 뉴스[13]에 따르면, 안양교도소 교도관의 인터뷰 내용을 통해 직접 수형자들을 관리하거나 보조하는 일 같은 전문적인 일을 맡기기가 어렵다는 것을 알 수 있다. 이 때문에 청소나 취사하는 일을 시키고는 있지만, 이는 수형자들이 해야 하는 정역으로, 수감자들이 해야 할 일들이 줄어든다는 결과만 생긴다는 것이다. 그렇기 때문에 대체복무는 국가를 위한 제대로 된 일을 하기는커녕 오히려 사회적 갈등만 더 심화시키는 꼴이다. 그렇다고 형평성을 위해 더 강도 높은 일을 시키거나 무작정 복무기간을 늘릴 수도 없다. 대체복무가

산지방법원 2021. 1. 8. 선고 2019고단4489 판결", 리걸엔진, https://legalengine.co.kr/cases/50038772(2022. 12. 03. 접속).

11   황일호, 「양심적 병역 거부자 대체복무제도에 대한 비판」, 『한국교정학회』 30(1), 2020, 6면.

12   "전쟁", 『한국민족문화대백과사전』, url=⟨http://encykorea.aks.ac.kr/Contents/SearchNavi?keyword=%EC%A0%84%EC%9F%81&ridx=0&tot=783⟩, 2022. 12. 03.

13   김정훈, "36개월 교도소 체험해보니…", CBS 김현정의 뉴스쇼, 2018. 11. 23., https://www.youtube.com/watch?v=WlPqIX1jcik&t=54s(2022. 12. 03. 접속)

가능한 기관을 선정하기 위해서는 합숙시설 유무, 업무의 강도, 업무에 무기나 흉기가 사용되는가 등이 기준이 되어 점수를 산출하여 선정하게 되는데, 이런 과정에 따라 선정한 가장 적합한 시설이 교정시설이었다는 것이다. 가장 적합한 시설이었음에도 불구하고 앞에서 언급한 것처럼 제대로 된 일을 할 수 없을뿐더러 이처럼 복잡한 과정과 까다로운 기준 때문에 강도 높은 업무를 할 수 있는 시설을 선정하여 확대하는 것도 어려우며, 적합한 시설이 많지도 않고 이에 대한 사회 분위기도 아직 좋지는 않다.[14] 그럼 복무 기간을 늘리는 것은 어떨까? 복무 기간을 늘리면 대체복무 소집이 지체되어 원활하게 소집하기가 힘들다. 현재도 복무할 시설이 부족하여 소집하기 힘든데 복무 기간까지 늘어나면 소집 대기자는 감당할 수 없을 정도로 누적되며 양심적 병역 거부자들이 복무할 수 있는 자리가 더 적어질 것이다. 따라서 현재의 대체복무제는 군 복무를 대체할 수 없다고 봐야 한다.

3. 마치며

이처럼 국가의 안보와 개인의 양심 자유권이 충돌하는 상황에서 조화로운 해결 방안을 마련하기는 매우 힘들고 까다롭다. 개인의 신앙과 신념을 물질적으로 측정하고 증명하기가 어렵기 때문에 양심적 병역 거부를 섣불리 허용할 수는 없다. 양심적 병역 거부를 주장하며 병역을 기피하는 사람들도 있을 수 있기 때문이다. 군 복무를 한 사람들은 양심적 병역 거부자들을 보며 박탈감과 좌절을 느낀다. 많은 사람이 이렇게 느끼고 군 복무를 하는 것을 불리하다고 느끼는 이유는 무엇일까? 우리는 양심적 병역 거부 문제에서 더 나아가 나라와 국민의 안전을 위해 삶의 일부를 바치는 청년들이 자부심을 느낄 수 있도록 군인들에 대한 처우와 군대 환경을 먼저 개선해야 할 것이다.

---

14 "대체역 복무기관 왜 교도소/구치소 선정됐나… 합숙 등 고려", 뉴시스, 2020. 06. 30., https://newsis.com/view/?id=NISX20200630_0001078405&cID=10301&pID=10300(2022. 12. 20. 접속)

참고문헌

국내 자료

신운환, 「'양심적 병역 거부'라는 용어의 적절성 여부 검토와 대체 용어의 모색에 관한 소고」, 『행정법이론실무학회』 46, 2016, pp. 394-395.

임재성, 「징병제 형성과정을 통해서 본 양심적 병역 거부의 역사」, 『한국사회사학회』 88, 2010, pp. 391-393.

온라인 자료

김창원, "위헌제청 계기로 '양심적 병역 거부' 논란 가열", 동아일보, 2002. 01. 30., https://n.news.naver.com/mnews/article/020/0000110441?sid=102(2022. 12. 02. 접속)

장동석, "세계 양심적 병역 거부자 93%가 한국인", 한겨레, 2014. 12. 04., https://www.hani.co.kr/arti/culture/book/667617.html(2022. 12. 02. 접속)

오아라, 「양심적 병역 거부에 대한 국민태도 분석」, 국내 석사학위논문 성균관대학교 일반대학원, 2020.

"갈수록 교묘해지는 병역 기피 수법들 … 일부러 손목 꺾고 담배로 혈압 높이고", MBN뉴스, 2022. 10. 07., https://www.mbn.co.kr/news/society/4857678(2022. 12. 03. 접속)

김용훈, 「국제인권법의 국내 도입에 있어서의 쟁점 소고」, 『한국공법학회』 49(4), 2021, pp. 57-60.

"수원지법 2019. 2. 14. 선고 2017고단463, 3186, 3344, 5519, 7646, 8366, 2018고단1304, 4459 판결", 리걸엔진, https://legalengine.co.kr/cases/11145(2022. 12. 03. 접속)

"울산지방법원 2021. 1. 8. 선고 2019고단4489 판결", 리걸엔진, https://legalengine.co.kr/cases/50038772(2022. 12. 03. 접속)

황일호, 「양심적 병역 거부자 대체복무제도에 대한 비판」, 『한국교정학회』 30(1), 2020, pp. 6-7.

"전쟁", 『한국민족문화대백과사전』, url=⟨http://encykorea.aks.ac.kr/Contents/SearchNavi?keyword=%EC%A0%84%EC%9F%81&ridx=0&tot=783⟩, 2022. 12. 03.

김정훈, "36개월 교도소 체험해보니…", CBS 김현정의 뉴스쇼, 2018. 11. 23., https://www.youtube.com/watch?v=WlPqIX1jcik&t=54s(2022. 12. 03. 접속)

"대체역 복무기관 왜 교도소/구치소 선정됐나… 합숙 등 고려", 뉴시스, 2020. 06. 30.,
    https://newsis.com/view/?id=NISX20200630_0001078405&cID=10301&p
    ID=10300(2022. 12. 20. 접속)

판례 자료

헌재 2018. 6. 28. 2011헌바379 등, 판례집 30-1하, 370

헌재 1998. 7. 16. 96헌바35, 판례집 10-2, 159, 166

※ 다음 제시문들을 읽고 여성 할당제에 대해 찬반 입장을 정하여 에세이를 작성해보자. (제시문 외의 자료를 추가로 이용해도 좋다.)

1. 여성은 사회의 절반을 구성함에도 정치, 경제, 사회 등 주요 분야에서 대표성이 현저히 낮습니다. 이는 사회의 다양성을 저해하고, 여성의 목소리가 정책 결정 과정에 제대로 반영되지 못하는 문제를 야기합니다. 여성 할당제는 이러한 문제를 해결하고, 사회의 다양한 구성원을 대표하는 정책 결정 시스템을 구축하는 데 기여할 수 있습니다.

2. 여성은 남성과 다른 강점과 경험을 가지고 있습니다. 여성의 참여는 조직의 창의성을 높이고, 다양한 관점을 반영한 혁신적인 결과를 도출하는 데 기여할 수 있습니다. 여성 할당제는 여성의 잠재력을 활용하고, 사회 발전을 촉진하는 데 도움이 될 수 있습니다.

3. 여성은 교육, 취업, 승진 등 다양한 영역에서 차별을 경험하고 있습니다. 이러한 불평등은 여성의 사회 참여를 저해하고, 사회 전체의 발전을 저해하는 요인으로 작용합니다. 여성 할당제는 여성에게 더 많은 기회를 제공하고, 사회적 불평등을 해소하는 데 기여할 수 있습니다.

4. 여성 할당제는 여성에게 기회를 제공한다는 점에서 긍정적 측면이 있지만, 개인의 능력과 자격이 아닌 성별을 기준으로 선발하는 것은 능력 중심 사회의 원칙에 위배될 수 있습니다. 이는 결과적으로 해당 분야의 경쟁력을 저하시키거나 역차별 논란을 야기할 수 있습니다.

5. 여성 할당제는 형식적인 성별 비율 맞추기에 집중될 수 있으며, 여성에 대한 근본적인 차별 문제를 해결하지 못할 수 있습니다. 여성 할당제보다는 여성의 능력 개

발과 사회적 인식 개선 등 근본적인 문제해결에 집중하는 것이 실질적인 평등 실현에 더 효과적일 수 있습니다.

6. 여성 할당제는 남성에게 역차별이라는 인식을 심어주어 사회적 갈등을 심화시킬 수 있습니다. 특히, 경쟁적인 사회 분위기 속에서 할당제는 남성들의 불만을 야기하고, 성별 간 갈등을 증폭시키는 요인으로 작용할 수 있습니다.

7. 여성 할당제는 정치, 경제, 사회 등 각 분야에서 여성의 참여를 확대하고 남녀 불평등을 해소하기 위해 도입된 제도입니다. 특정 분야에서 여성의 비율을 일정 수준 이상으로 보장하는 것을 목표로 하며, 다양한 형태로 시행되고 있습니다. 여성 할당제는 전 세계적으로 다양한 국가에서 시행되고 있으며, 그 형태와 내용은 국가별로 다릅니다.

   – 정치 분야: 많은 국가에서 여성의 정치 참여를 확대하기 위해 여성 할당제를 도입하고 있습니다. 의회 의석의 일정 비율을 여성에게 할당하거나, 후보 등록 시 여성 비율을 일정 수준 이상으로 규정하는 방식 등이 활용됩니다.

   – 경제 분야: 기업의 임원 또는 관리직 여성 비율을 할당하거나, 정부 지원사업 선정 시 여성 기업에 대한 가점을 부여하는 방식 등으로 여성의 경제 활동 참여를 장려하고 있습니다.

   – 사회 분야: 공공기관 또는 위원회의 여성 위원 비율을 할당하거나, 특정 분야의 채용 시 여성 비율을 일정 수준 이상으로 보장하는 방식 등이 활용됩니다.

1. 서론 + 본론의 도입부(본론의 섹션 1)

무엇을 다루겠다 (의문형)	

왜 다루는가 (주제 선정의 이유, 동기, 배경, 중요성 등)	
<u>본론의 도입부</u> 주제의 배경 (주제의 핵심 개념 정의, 요약, 주제의 역사, 현황 등)	

2. 본론 구성하기(본론의 2, 3, 4섹션 부분)

나의 논증	
예상 반론 (나의 견해와 다른 견해의 논증)	
재반론 (예상 반론에 대한 자신의 논박)	

※ 작성된 개요를 바탕으로 완성된 에세이를 써보자. (종합문제의 경우 출처 표기는
   생략해도 좋다.)

참고문헌

도스토옙스키,『죄와 벌』, 김학수 역, 을지문화사, 1988.

박은진·김희정,『비판적 사고』, 아카넷, 2008.

울산대학교 철학과 교재편찬위원회,『비판적 사고와 논증적 글쓰기』, 북코리아, 2015.

유발 하라리,『사피엔스』, 조현욱 역, 김영사, 2015.

전대석,『대학 글쓰기』, 북코리아, 2022.

전대석·김용성,『쉽게 풀어쓴 비판적 사고』, CUP&CAP, 2020.

헨리 조지,『진보와 빈곤』, 이종인 역, 현대지성, 2020.

강승식,「표현의 자유와 인간 존엄성의 관계」,『법과 정책』15(2), 법과 정책연구소, 2009. 08, 1-19쪽.

김요한,「행복과학과 행복철학」,『철학논총』85, 새한철학회, 2016. 07, 81-99쪽.

정태욱,「민주주의와 법치주의의 관계에 대한 한 시론: 미국의 노예제 폐지의 헌정사를 중심으로」,『서울대학교 법학』49(3), 서울대학교 법학회, 127-158쪽.

김구,『백범일지』, 김구재단, https://www.kimkoo.org/board/kimgu_view.asp?idx=310.

월간『다함께』2002년 8호,「보신탕을 먹는 게 인종 차별이라구?」.

최훈,「〔애니칼럼〕 내가 반려 아닌 '애완동물'을 주장하는 이유」,『한국일보』, 2018. 02. 08.

김용성

성균관대학교 및 대학원 철학과를 수료하고 고려대학교 의과대학, 울산대학교, 한성대학교, 우송대학교에서 '행복론', '대학 글쓰기', '논리적 분석과 글쓰기', '의사소통과 심화글쓰기' 등을 강의하였다. 현재 울산대학교 철학과, 우송대학교 교양대학에 재직 중이며 언어철학, 과학철학, 의사소통과 글쓰기 관련 강의를 하고 있다. 연구 논문으로는 「데카르트와 외재주의적 지식」, 「잘 삶(Well-Beig)에 대한 욕구 충족 이론」, 「웰빙(Wel-Being) 이론의 재고찰」 등이 있다.